爱情实习生

Love Intern

李达／著

中国经济出版社
CHINA ECONOMIC PUBLISHING HOUSE
·北京·

图书在版编目（CIP）数据

爱情实习生/李达著

北京：中国经济出版社，2013.1

ISBN 978-7-5136-2007-9

Ⅰ.①爱… Ⅱ.①李… Ⅲ.①长篇小说-中国-当代 Ⅳ.①I247.5

中国版本图书馆 CIP 数据核字（2012）第 248329 号

责任编辑　夏军城

责任审读　霍宏涛

责任印制　张江虹

封面设计　任燕飞装帧设计工作室

出版发行　中国经济出版社

印 刷 者　三河市佳星印装有限公司

经 销 者　各地新华书店

开　　本　710mm×1000mm　1/16

印　　张　14.25

字　　数　205 千字

版　　次　2013 年 1 月第 1 版

印　　次　2013 年 1 月第 1 次

书　　号　ISBN 978-7-5136-2007-9/I·88

定　　价　29.00 元

中国经济出版社　**网址** www.economyph.com　**社址** 北京市西城区百万庄北街 3 号　**邮编** 100037

本版图书如存在印装质量问题，请与本社发行中心联系调换（联系电话：010-68319116）

　服务热线：010-68344225　88386794

目 录

第一章　天使的眼泪

病房里，年轻的实习护士小宇，梳着齐耳短发，一个大口罩几乎把她的脸全遮住了，只露出一双大眼睛。这是一双美丽的眼睛，双眼皮，长睫毛，只是，现在这双眼睛红红的，泪汪汪的。

今天是她来到临床实习的第一天，神经内科的病人长期卧床，年龄又大，扎静脉针很有难度。而小宇又是第一次给真正的病人扎针，又是紧张，又是胆怯，难免会失败了。

第一针失败，本来是可以理解的事情。但是病人的话让小宇受了委屈。

“又让实习护士给我打针，拿我做实验啊！去去去，找个老护士来！笨死了！”小宇不敢看那个胖胖老头怒气冲冲的脸，她低着头，快步走出病房。

带她的老师姓罗，罗静，其实年龄也不大，二十七八岁的样子，却已经是五岁孩子的妈妈了。她一见自己的学生受了委屈，很为小宇打抱不平：“没事儿，小宇，我去教训一下那老头子。”

说是教训，当然不能。她熟练地为老人扎好针后，笑着对他说：“您也得理解点，护士不都是从实习开始的吗？一回生，二回熟，下次，她肯定会扎好的。她还是个孩子，您看您都把她吓着了。”

胖老头也自觉有点过分，不好意思地笑了：“我的脾气是不好，下次不会了，不过，小罗，明天还是你给我扎针吧。我这么胖，你找个瘦点的，血管清楚点的让她练不就得了，我旁边的老王就行。”

邻床的病人一听，忙摆手：“你说了算啊，今天是你运气不好，那个小个子的小姑娘也是实习生，却是一针就扎好了。”

正在给另外一个病人扎针的小个子姑娘悄悄笑了，第一天就受到表扬，真高兴。她叫韩冬冬，和小宇同届不同班，很巧，她们俩被分在同一科一起实习。

但是她也高兴得太早，扎到第三个时，她的眉头皱了起来，不一会儿，汗珠便在额头上显现。

最终，她冲病人歉意地笑笑："对不起，没扎好。"

还好，这位老大娘态度很好，她是一位退休教师，很爱护学生："没关系，再扎一针。"

韩冬冬心里好感动。心想我真是太幸运了，又有点同情小宇，相比之下，小宇这第一天实习太不顺利了。

一起回宿舍的路上，小宇和韩冬冬谈着各自的感受。还好，小宇是那种哭过就忘记悲伤的女孩。在其他实习生及老师安慰她以后，就信心百倍地投入到工作中去了。一共扎了十个针，失败了两个，成功率百分之八十，第一天扎针啊，她已经很满足了。她的大眼睛里开始闪现得意的光芒。

韩冬冬却直截了当地说："优秀的护士应该百分之百成功才行。"给了小宇一盆冷水。

"这样吧，从明天开始咱俩比赛，就比扎针的成功率，谁输了谁请吃午饭！"

小宇提议。韩冬冬想也没想："行啊！"

回到宿舍里，发现另外几个同学还没回来。因为是在医学院的附属医院实习，她们还是住在学生宿舍里。不过比上学时自由了，学校不来检查实习生的宿舍，从前的管理规定现在可以不遵守了，这是让她们最满意的。韩冬冬最懒了，她开心地说："哈，现在我可以不用叠被子了。"可是这样的情况没有持续几天，因为，周末的晚上，实习队长突然打电话说要到她们宿舍来。

医院实习的学生被编成一个实习队，有一个队长，负责助学金的发放，实习生情况汇报等工作。小宇她们的大队长是临床医学专业的高才生邵平，他相貌虽不出奇，但是学习成绩特别好，是学生会的学习部长，是韩冬冬心目中的偶像。

听到偶像要来，她着急了，马上把被子叠整齐，开始梳理自己的短发，小宇却不以为然。她好奇地想，"队长来做什么呢？我们没犯什么错误吧。"

和小宇一个班的还有李春天。胡秋月和韩冬冬是一个班的。把她们四个分到一个实习队纯属巧合，又分到一个宿舍，真是巧上加巧。她们坐在一起互相认识以后，觉得不可思议，韩冬冬说："我们是一年四季四个季节，在一起节目一定很多。"然后大家就开心地笑起来。

李春天是个温柔的姑娘，留着长头发。实习第一天，护士长看见了，严厉地批评了她，"你上学的时候没学过吗，护士的仪表，头发要不过肩。"

李春天吓坏了，她看看周围，果然，那些长头发的护士姐姐，全都把头发盘成了发髻，可惜了她们的长头发。自己的头发是太长了，长达腰际，本来人人都羡慕的，可现在倒招来了批评。

李春天从小到大没被谁这么批评过，她一直是个很乖的孩子。普外科的护士长太凶了，她心想，难道护士长都这么凶？心里一阵委屈，眼泪就掉下来了。

护士长没想到她会哭，"说你一句就哭？在病人面前你还能受得了？小姑娘，当护士要坚强，知道吗？"

李春天抬头看到护士长不那么凶了，点了点头。

再说胡秋月，真是个美人胚子。瓜子脸，大眼睛，樱桃小口。不光长得漂亮，身材又棒，一米七二的身高，细腰，长腿，走在大街上，回头率特别高，弄得小宇她们都不愿意和她一起逛街，说都成了绿叶了。

这四个女孩子正等着实习队长的到来。开始忍不住议论纷纷："队长来到底有什么事啊，实习还不到一星期，还没到发助学金的时候啊？"韩冬冬大喝一声："该不是谁犯了什么错误吧，从实招来！"

大家面面相觑，小宇小声说："我扎针失败不能算错误吧！"胡秋月嫣然一笑："这怎么能算错误，我天天都有扎失败的时候。"

正说着，有敲门声。

第二章　同龄人的聚会

实习队长邵平推开门走进来，见四个女生都正襟危坐，眼神怯怯地望着他，觉得好笑。

然后就笑了：“你们怎么这么害怕我啊？”年龄上算，他虽只比她们大一两岁而已，但给人的感觉却是十分成熟，稳重。适中的身高，方形脸，一双眼睛不大，却炯炯有神。他看穿了小姑娘们的心事，于是用微笑安慰她们，笑容中有一丝得意。看来他在这些女孩们心中的地位还是很重要的，这多少满足了他的一点点虚荣心。

看见队长笑了，女孩子们也松了一口气，应该没犯什么错误。仔细一看，队长身后还跟着进来一个男孩子。

男孩好奇地打量着屋子里的女孩子，脸却红了。他个子和邵平差不多高，偏瘦一点，脸白白的，文静得像个女孩子。

“给你们介绍一下，这是我的室友，方明，他是医院财务科的出纳。我们待在宿舍里没意思，想找你们一起玩。”原来是这样，大家彻底放下了戒备。

韩冬冬先说话了：“是啊，我们不能总学习啊，在医院里待一天累得要命，当然要休息一下了，队长你真理解我们。”她是个爱凑热闹的女孩子，吃，玩，她都喜欢。

胡秋月似乎对队长并不热情，她向来对男孩子都很冷淡，可能是追求她的男孩子太多了。她悄悄瞥了小宇一眼，从床上顺手拿出一本杂志翻看起来。

李春天一直温和地笑着，心想，这个陌生的男孩儿见女孩子脸就红，还怎么在一起玩呢？

“我们去江畔看看怎么样？”几年里，小宇最喜欢去的就是江畔，但是因为离学校远，要乘坐公共汽车去，所以也没有去过几次。

小宇一说，大家一致同意。于是六个年轻人就出发了。

虽是八月，因为是北方，夏天的傍晚也是凉风习习的，人们通常都在这个时候出来散步，游玩。江畔，一到了夏季，变得十分热闹。有一条街是夜市，服装、日用品、水果，排成了一条龙。

小宇她们几个人，前前后后，随着人流在夜市中穿行。女孩子们都喜欢服装，即使囊中羞涩，也要一饱眼福。

走出夜市，再到江畔，夜幕悄悄降临，这里的热闹却刚刚开始。路灯亮了，还有霓虹灯，五光十色，闪烁着。各种五花八门的游戏应有尽有，照相的，写字画的，再往江面上看去，靠岸而泊的小船居然被改造成了歌厅，有歌声传来。

小宇的家乡没有什么江啊河啊的，此时特别高兴。邵平看她开心的样子，似是无意地问："你喜欢这个城市吗？"

小宇正沉浸在美好的想象中，她在想，要是有个男朋友和自己一起来多好。冷不防邵平一句话传到耳边，她的脸一下子红了，好像被别人看穿了心事。

不过她很快镇定下来，"喜欢啊，有山有水，多好啊！对了，你家是哪里的？"她似乎听韩冬冬说过，邵平的家是新疆的。

"我家可远了，新疆。"邵平简洁地回答。

"新疆的哪个地方啊？"韩冬冬凑了过来，尽量睁大她那并不大的眼睛，认真地看着邵平。

大家也都聚了过来，似乎都对这个新疆来的小伙感兴趣。

邵平也有了兴致："新疆哈密，你们知道吗？"

小宇摇头，其他人也没有点头的，大家对新疆真的是一无所知。

"那你们知道'哈密瓜'吧？"邵平对大家的无知似乎有点瞧不起。

"我的家乡就是盛产哈密瓜的地方啊！那儿有大草原，家家都有马、羊。我家有两百只羊，羊是我们的生活来源。"他不再讲了，神情变得忧郁。

"对不起，让你想家了吧。"韩冬冬小声问，看到他情绪有些低落，她也跟着不开心了。扭过头说小宇："都怪你，没事瞎问什么啊？"

小宇却不以为然："想念家乡是人之常情，我还想家呢！这样吧邵队长，你家乡那么好，哪天我们和你一起去看看好不好？"

"好啊！"大家都跟着起哄。

邵平笑了，记忆中的情节也忽然闪现，"你们知道吗，我的同学还真和我去过我家呢！说起来，还有不少趣事呢！"接着，他就讲起他的两个同学在他家乡的草原上骑马的事情。据说，一个胆小的同学不知道如何让马停下来，就任由马带着他跑了好远，差点儿从马背上摔下来，幸好邵平叫停了马。

"告诉你们吧，其实他骑的不是马，是一头驴子。"想象着一个男孩儿小心翼翼伏在一头驴子上的可怜样儿，大家都笑了。

"你们都是哪里的，我说了，你们也讲讲啊？"邵平扫视着一圈人。

"从你开始吧！"他一指小宇。

小宇本来还想构思一下，如何把自己的家乡隆重介绍一番。可邵平居然不给她思考的时间。

她眨眨眼，家乡一望无垠的黑土地显现在眼前："我家在北大荒，你们听说过吗？当年，王震将军带领十万官兵去开发建设北大荒，现在，人们叫它北大仓，全国最大的商品粮生产基地。"

她眉飞色舞的样子，吸引了不少游人。"小姑娘还挺热爱家乡的嘛。"

李春天温柔地一笑："我家在杭州，不用多说了，有机会带你们去西湖玩。"

胡秋月看李春天自豪的样子心里就有气，杭州怎么了，说是苏杭出美女，我看你李春天也算不上美女，比起我可差远了。

"你家是哪里的？"美女当然最吸引男孩子的注意。方明已经迫不及待地想知道她的信息了。

"我家是广州的。"她淡淡地说。

"原来就我们两个是本地人"，方明看看韩冬冬，想要平衡一下内心。因为胡秋月明显对他不感兴趣，瞧那神情，太高傲了，还是这个小妹妹随和点。

可韩冬冬也给他浇了冷水：“哟，想和我当老乡，套近乎啊?”然后，不怀好意地笑。

一群年轻人说笑着，忘记了时间。

“啊，都快九点了，快，一会儿公共汽车没有了!”几个人小跑着奔向公共汽车站。还好，最后一列班车。上车后，大家相视而笑，互相埋怨，他们成了车上的焦点。

第三章　裸体男人

不知不觉，一个月过去了，九月来临，夏天似乎还恋恋不舍，气温仍然很高。

戴着一次性口罩的小宇，跟随着带教老师走进普外科的处置室。老师告诉她要给一个阑尾炎的病人做手术前准备。

“天，那不是要看病人脱掉衣服?”小宇看了一眼病人，立即下意识地低下头，居然是一个帅气的小伙子。虽然被病痛折磨得紧皱眉头，额头出汗，但是帅气不减，医生护士们都忍不住多看他两眼。

“躺下，把裤子往下褪。”带教护士李琳面无表情地命令病人。病人乖乖地躺到处置床上，解开腰带。但是在护士面前，很显然，他紧张得很，也害羞得很，脸一下子红了，不敢看护士。

他把裤子缓缓褪下，肚脐下的皮肤居然很白，再往下，隐约可见一丛体毛。他的手停下了，他以为这样就可以了。

“再往下，要褪到臀部以下，大腿也要露出来。”李护士有些不耐烦了。

小宇的眼神游离，心咚咚地乱跳。她对人体是有很深的了解，但是活生生的男人的裸体，她是想也没想过的。此时，她又是紧张，又是害怕，又是好奇。

小伙子的脸更红了，他当然知道小宇是个年轻的女孩子。他长到二十多岁除了妈妈见过他小时候的裸体，再没有哪个女子看过啊。可是现在，就这样赤身裸体地被人看，他有点委屈，又有点愤怒。这个年长的护士态度怎么这么生硬，好像他不是男人，而是一只猪啊，狗啊什么的。

“在这里，没有男女之分，你是病人，我们是护士，别想太多，快点！还有你，小宇，睁开眼睛，下一个就你自己亲自做了！”护士李琳把两个年轻人一起训了。

小宇不得不睁开眼，扭转过身子。好吧，看吧，既然好奇，为什么不看呢。她庆幸自己戴着口罩，反正他也看不到我的脸，过后也不会认出我的。看就看，要不，以后怎么独立操作啊。

小宇深吸一口气，看着李老师一手握着男人的下体，另一只手用剃刀熟练地除去黑色的体毛，没有犹豫，没有紧张。

真是让人佩服。小宇自始至终，还是心跳不已。特别是听到老师说下一个要她做的时候，她就简直透不过气来，心想换个女人吧。

小伙子提好裤子，还是不敢看两个护士。因为疼痛，他弯着腰，一手按着右下腹，慢慢走出处置室。接下来，他就要去手术室了。尽管阑尾切除手术是普外科最普通的一个手术。但是他的家人还是担心。

一个年长的妇人应该是他的母亲，珠光宝气的样子，她竟然掉下了眼泪。另外几个人都是年轻人，但是又比病人年长，都是西装革履。看来这小伙子有来历。

外科主任都赔着笑脸："您放心吧，这只是个小手术，没事的。"

"他爸爸在开会，不能过来，我也不太懂，就是害怕。"贵妇人并不傲慢，此时她只是一个担心孩子的母亲。

小宇的心慢慢恢复平静。她看到配药室里两个护士在谈论着什么，于是，她走进去。两个护士姐姐也不回避她，还叫上她："小宇，你知道刚才那个男孩是谁吗？他是卫生局长的儿子。"

"你看咱们主任那样子，平时对咱们横眉冷对的，今天像变了个人。"两个人一边配药，一边说着，全当解闷了。

韩冬冬推着治疗车从病房回来，把小宇从配药室拉出来，一把摘下口罩，舒了口气："哎呀，累死我了。这个月还比不比，成功率？"自从上次说过比扎针后，小宇就开始努力钻研。下了班，自己找个不用的针头，自己琢磨。但是不知为什么，总是韩冬冬略胜一筹。

问她有什么窍门，她得意地说："哪有什么？我心灵手巧呗！"

"不比了。都请你吃两次肯德基了，再比，我的伙食费可不够了，叫我饿肚子上班啊？"小宇想着刚才的事，心情有点不好。

"怎么了？生我气了。算了，告诉你吧，我记住哪个病人的血管清楚，找准了再去；哪像你，拿起来谁的都行。”韩冬冬得意地笑着，又有点歉意地看着小宇，“这周末，我请你好不好？”

小宇也笑了，原来是这么回事。不是自己技不如人。

“我听李姐说，你刚才和她做皮肤准备去了？”韩冬冬的笑容坏坏的。

果然小宇脸立即红了，“别笑我，下一个就是你。”她知道韩冬冬像个假小子一样，根本不在乎这个。但是她还是想打趣一下她。

韩冬冬可不吃这一套：“我才不怕呢！”多面手，她压低声音，凑到小宇耳边：“我早就想看看呢！”小宇一把推开她，两个女孩子窃笑。

接下来又是一阵忙碌。换药的，静推的，术前准备的。果然韩冬冬被叫了进去。她走时冲小宇调皮地一笑。小宇的脸又红了。

“和我去接手术后病人。”李琳叫小宇。小宇拿下血压计，跟着李琳来到601病房。

房间里只有两张床，只有一张床上有病人，就是阑尾手术后的这个叫“郑家诚”的小伙子了，就是卫生局长的儿子。

在进病房前，小宇又戴上了口罩。

这一次，她好好看了看这个叫“郑家诚”的帅小伙。他有着一张棱角分明的脸，高鼻梁，眼睛有点欧式，略向内凹，嘴唇略薄。他给她的印象是，他是个略内向的男孩儿。虽然是卫生局长的儿子，但是却没有那种浮华。这让平民女孩小宇不得不另眼相看。

她对他的好奇依然不减：“他是学生，还是工作了？他为什么有一双忧郁的眼睛？”

少女丰富的想象力足以编造出一部长篇小说。小宇有点陶醉于自己的想象中了。“血压多少？”李琳问了两遍，小宇才听到，一看，血压计的水银柱打到了顶！

她知道错了，立即重新测量。“120、70！”李琳听后便对病人的家属说：“血压正常，没事儿。”李琳似乎对这个局长夫人并不热情，还是一贯的冷冰冰作风。

小宇心里对这个老师的态度虽是不满，但也同情。原来，李琳在半年前竞聘护士长时以一票之差落选。而比她多一票的刘荣护士，原来是医务科主任的儿媳。论能力，论人际关系，李琳在同届的护士中都是数一数二的，但是，还是栽在权势的面前。

半年来，她对工作的热情似乎一下子一落千丈，业余时间甚至玩起了股票。她丈夫下岗后在父母的支持下开了家超市，李琳也要为他操心。渐渐地，工作似乎成了她生活中最不重要的了。

小宇想不了太多，只是觉得，自己一定要做一个好护士。

第四章　局长的儿子

郑局长的儿子郑家诚，手术后恢复得很快，第二天就下地活动了。但是还是不敢挺直腰板，一手按着刀口，一手扶着床沿，缓慢地移动。

他住的这间病房属于高级病房，只有两张床，目前只有他一个病人。病房里配有电视、沙发、电话、卫生间。他开始觉得，生病也挺好的，妈妈比平时对他更好了，而忙于工作不太关心他的爸爸居然也买了他最爱吃的蛋糕来看他。他刚刚大学毕业，计算机专业，北京、上海的大公司都到他们学校要人，但是，他想来想去，觉得还是再学点东西，于是就打算考研。

这几天正在着手准备考研的复习资料，大学里自己成绩并不出色，所以对考研也没有太大的把握。看了一眼外语的复习资料，顿时脑袋就大了，开始发愁，要么不考了，可他已经对父母说好要考研。这一着急，许久不疼的阑尾开始疼了，于是就住进了医院。

“郑家诚，现在可以打针了吗?”小宇戴着大口罩，推着治疗车进来了。

郑家诚其实认出她了，她的眼睛很美丽，他就记住了这双眼睛。他一下子脸红了，他发现自己真是不善于伪装，装作没认出来多好。但是，他的表情坦白了一切。

小宇明白了。心又跳得飞快，心想他怎么就认出我来了呢？不过一面而已。本来她都不想来给他扎针的，但是，韩冬冬今天请了病假，其实是为了去看生病的队长邵平。听说邵平得了重感冒。带教老师李琳可没想太多，大家都在忙，哪想到那么多：“小宇，快去扎针，那边的几个病房你去，这边的我去。”

小宇努力让自己平静。挂输液瓶，一次性排气成功。她的护士服很合身，燕尾帽戴得很端正，她自己别出心裁地在前面别了一只彩色的小发卡，充满青春的朝气。

郑家诚看着眼前的小护士动作优美，心情也变得平静了。在他心中，护士都是很凶的，态度生硬，至少他从小到大看到的都是。但是今天，这位护士给人的感觉是温柔、和气，让人一点都不觉得陌生，冷漠。她像是在表演一种茶艺，不慌不忙，有条不紊，让人欣赏。

还没等他从遐想中回过神来，只听到甜美的嗓音传来："松手吧，唉，你怎么了，松手啊？"他一愣，原来自己一直紧握着拳头呢，针已经扎上了。

让人笑话了，他的脸又一阵发热。但是，还是忍不住要把心里的感觉说出来："我觉得你和别的护士不一样，你是个温柔的护士。"

这可是小宇当护士以来第一次受到别人的称赞，前一阵都是批评。她心里其实特别着急，自己的理想不就是成为一名优秀的护士吗？怎么却一团糟？

"你真的是这么想的吗？"小宇有点不敢相信这个帅男生的话，人家说男人的话十句有九句是哄人的，假的。

她的眼睛睁得大大的，很认真地盯着郑家诚。郑家诚又不自在了："你能不能把口罩摘下来和我讲话，要不，我觉得我很不被尊重。"。

居然还讲条件？小宇犹豫了一下，心想反正你也认出我了，看见了也无妨。但是，又觉得不平衡，凭什么你想看就看啊？

同时，她也有受愚弄的感觉，可能他真的是哄自己开心，想看看自己的模样而已。

这样一想，她有点生气："我是在工作，可没时间陪你聊天！"语气也冷了下来，倔强地一扭头，推着治疗车走了。

留下郑家诚呆呆地傻笑："小丫头脾气还挺大，以为我在逗她，可是我说的是真的啊！"

小宇气呼呼地推车走着，前面来了人都浑然不知，"哎呀！"果然撞上了来人。

她这才抬头，一看，一个中年女子面带愠色："你急什么，看着点前面的路啊？"有点面熟，是？是郑家诚的妈妈。

小宇更是气上加气，你们娘俩一齐欺负我！但是，她只能低声说："对不起！"然后，离开。

她知道，他们根本不是一个圈子的人。她突然想起了邵平、韩冬冬。邵平病得严重吗？韩冬冬会不会照顾他啊？

想着就盼着快点下班。李琳看小宇魂不守舍的样子，笑她："小宇怎么了，见到帅哥就呆了？"她心里盼着小宇能识点时务，和郑局长的儿子熟悉了，没准成了卫生局长的儿媳也说不定。不像她，没有背景眼睁睁看着别人占了本属于自己的位置。

小宇当然还没有这种心思。只是对帅哥好奇而已，她这种年纪的女孩子，谁不喜欢看帅哥？

但是，受了冷遇心里也更难受。帅哥就可以戏弄女孩子吗？别的女孩子可能会以此为荣，她小宇就是不喜欢，不喜欢男孩子油嘴滑舌。

小宇对李琳的话很是反感："我可没有，一会儿你去给他拔针啊，我才不愿理他！"

李琳倒奇怪了，真是不开窍，一个漂亮的小姑娘，长个榆木脑袋。她叹了口气，忙自己的去了。

"小宇，电话！"护士站那边传来喊声。

小宇接起电话，懒洋洋地回应着："喂，谁啊？"

"小宇，你快来啊，我不行了，给邵平扎了两针都失败了。"韩冬冬带着哭腔。

小宇不禁想笑，想象着韩冬冬狼狈的样子，满头大汗，手直抖动，在自己的心上人面前，难免过于紧张而失了手。

于是小宇向老师请了假，正好护士长也请假没来，提前走一会儿吧。

邵平躺在宿舍的单人床上，脸红红的，可能在发烧。而那个没病的女孩儿韩冬冬，此时也像在发烧，脸红红的，一脸歉疚、自责的样子，又似乎是害羞。

"怎么不进去？"小宇一回头，外面还有个人要进来，原来是方明，他正端着一个脸盆，准备进来。"我想用凉水沾湿毛巾给邵平降降温”，他也很关心邵平，不过两个月，两人相处得和亲兄弟似的。

“先扎上针再说，清开灵就是退烧的。”韩冬冬招呼小宇快过去。

邵平不好意思地笑了：“麻烦你们了，请了假吧。”

小宇一点不紧张，她就是这样，在认识的人面前，从来不会紧张的，反倒是在病人面前更容易紧张。

一针见血，邵平的血管不是很清楚吗？小宇看了一眼韩冬冬，嘴角在上扬，她在笑这个暗恋中的女孩儿。

韩冬冬脸还是红的，却理直气壮：“我平时扎针很好的，今天不知道怎么回事，发挥失常了。”

方明也笑：“我看你是一见到邵队长就失常了吧。”

韩冬冬这下可急了，追赶着要打方明，他们两个在屋子里转起了圈。邵平他们的宿舍比小宇她们的要大两倍，所以，韩冬冬跑了两圈，累得气喘吁吁。

第五章　干部病房里的故事

胡秋月这个高傲的女孩子，今天却变得无精打采。她手托香腮，坐在护士站的桌子旁，眉头紧锁，像是在思考什么难题。

她早就听说卫生局的郑局长心脏病犯了，但是她看到郑局长时，觉得他并不像其他心脏病人那般虚弱。

他穿着整洁的病号服，坐在床上，正翻看着一份文件。他戴着宽边的老花镜，方形脸，胡子刮过了，显得很年轻，全然不像五十岁的人。

他全神贯注地看着文件，没有注意到病房里来了人。胡秋月是和自己的老师一同来的，老师张英是一名老护士了，似乎也认识郑局长，她轻声说："郑局长，您该输液了。"

郑局长这才抬起头，放下文件，他似乎有些不好意思地说："小张，又来麻烦你们了，我这老毛病又犯了。"

张英笑着说："哪能说麻烦，倒是您工作太辛苦了，您又是个认真的人，难免累病了，李主任说您这次幸亏来得及时，要不然可就危险了。"

"是啊，以后，不行我还是退二线吧。"他有些自嘲地说。

胡秋月上前挂输液瓶，她的眉宇间透出天生丽质。郑局长不由得仔细看了看这个陌生的年轻女孩儿，问道："是来实习的毕业生吧？"

"是啊，郑局长，她叫胡秋月，是高护毕业生。"张英带着自豪的语气介绍自己的学生。

"小胡心灵手巧，很聪明，人也长得漂亮。"她继续说着。

郑局长忽然间就想到了自己的儿子，二十四五岁，也不知道有没有女朋友，但是自己一直认为得是过得了自己这关的才能给儿子当女朋友。

他目送着两名护士走出病房，凭空多了件心事。

而胡秋月也在琢磨郑局长的目光。他在想什么呢？胡秋月早就听说干部病房里住的都是高层领导，市长也住过呢？传闻有不少实习护士都是通过和领导的短暂相处，领导们说句话，她们就留在了这家三甲医院里。

胡秋月家虽然在广州，但父母其实只是住在郊区，靠卖水果蔬菜为生，日子过得很清苦。她从上学的第一天起，就打定主意，要打拼出一片天地，改变自己的命运。她要在大城市里过光鲜的生活，让父母的日子过得好一些。

在别人眼里，她永远是骄傲的，只有她自己知道，这只是假面具。她不想让别人知道她其实是个贫穷的女孩儿，进而瞧不起自己。

她为了把自己打扮得看上去像个富家女，想尽了办法。她拼命做兼职，一开始做家教，但是发现这工作挣钱太少，一个偶然的机会，她发现自己的身材和容貌，可以做模特。

也是她幸运，赶了几个服装秀场之后，一家广告公司找到她，想让她做他们的广告模特。第一次拍广告，她拿到了两千元钱的报酬，对她来说，就不是小数目了。

但是，当模特总不是长久的事。但是，没有背景，没有财富的她，靠什么在这城市里找到自己的位置呢？她只有自己想办法了。

“唉，秋月，想什么呢？”李春天过来了，她细声细气的，充满江南女子的温婉。

李春天家在杭州，对她而言，毕业回家乡就足够了。而且家乡那个高中的男友还等她回去呢，他现在就在杭州读师范。

所以，她当然不能了解胡秋月的内心世界。而胡秋月，也不会对她说的。

胡秋月回过神来，说：“今天听说小宇和韩冬冬都请了假，去邵平那儿了。”

李春天知道这回事：“是邵平病了，她们去给扎针了。要不，我们下班了也过去看看吧。”

胡秋月想这样也好，队长总是要维护好的。实习不比上学，她还想偷偷出去再拍广告呢，当然不能请假，就利用换科室的时间，撒个谎好了。但是，队长如果知道告诉学校，她可就完了，所以，这个队长一定要相处好，网开一面才行。

下午，去干部病房测体温、血压。胡秋月是自己去的。

郑局长认出了她就是早上来的那个叫胡秋月的小实习护士。他招呼她坐下。

胡秋月没有戴口罩，她的美丽无疑让郑局长为之眼前一亮。真是个漂亮的姑娘，明亮的大眼睛，眉毛如两枚柳叶，弯弯的，小巧的鼻子和嘴，五官恰到好处，没有化妆，却十分明艳动人，真是一个天然美女。

郑局长心想，儿子一定会喜欢这个女孩子的，谁不喜欢漂亮的女孩子呢？他自己都有点那个了。这样一想，有点自责，真是老不正经了。

自从五年前当了局长，应酬不断，高级娱乐场所也没少去，但是，他真是没做过什么和色情有关的事。其一是他觉得自己刚刚起步，不能因此栽了。其二是，他的妻子一直对他严厉有加，天天拷问他的行踪，而且好像还买通了自己的司机小张。所以，他就算有那个心，也没那个胆儿。其三嘛，就是他的儿子，儿子尚还未婚，他可一直是个有威信的父亲，是儿子的偶像。

而现在，他最关心的是自己刚刚大学毕业的儿子，儿子说要考研究生，他心里其实并不赞成。自己早就和有关同学，打好了招呼，安排个理想的工作已经不成问题，儿子能不能考上研究生都是没把握的事。

但是儿子既然已经决定了，他也不好说什么。但是，二十多岁了，也毕业了，谈个恋爱还是到时候了。

听儿子他妈说，儿子在大学里根本没谈恋爱，可能是性格内向点吧。所以，现在也该给儿子找对象了。

这天下午，郑局长和胡秋月谈得很愉快。女孩子很健谈，也很聪明，当听说他有一个年龄和她相仿的儿子，她的眼睛似乎也亮了起来，笑容似乎更多了。

他心里高兴，觉得病也好了一半。

第六章　国庆节约会

小宇和韩冬冬结束了在外科的实习时，胡秋月已经和郑家诚开始恋爱了。

郑家诚听了父亲对胡秋月的介绍后，对这个漂亮的姑娘也有一丝好奇。而那个清纯却倔强的护士小宇就被他暂放在了一边。恋爱对他来说是陌生而神秘的，大学里，他的专业学习压力很大，而他又不是个外向的男孩儿，曾经对一个女同学有点感觉，却没有表白。

而在毕业纪念册里，他给那个女孩子的留言是一首朦胧的爱情诗：

“最初的距离，产生美，

时光的飘逝，沉淀美。

永远的分别，撕裂美。

也许，

遥远的观望，才是最美。”

弄得女孩子终于忍不住，悄悄问他：“你的诗是什么意思?”

他却脸红了，支吾了半天：“那是从一本书上抄来的，就是，永远怀念吧。”

女孩子眼泪汪汪地走了。

而他，感觉自己的初恋就这样结束了。没有特别心痛的感觉，毕竟没有开始过。只是，有种失落，她走了，回了遥远的南国，她的家在海南，他曾经梦里去过那个叫天涯海角的地方。

所以，总的来说，他没有真正恋爱过，他都不知道吻是什么滋味。是打算考研的，但枯燥的学习对他来说简直是一种折磨，大学四年，他已经受够了，他开始后悔自己考研的决定了。

而父亲却在这个时候建议他恋爱。他心里有点窃喜，如果考研失败，也有了借口，因为谈恋爱耽误了学习嘛。

想到这儿，他立即答应了和胡秋月见面。

电话联系很方便。两人约好了见面时间。真是巧，居然是十月一日，胡秋月本来是打算国庆七天假回家的。但是接到郑局长的电话，她激动万分。郑家诚这个名字、这个人对她来说没有具体的概念，身高、长相对她来说都不重要，他只有一个身份，就是卫生局长的儿子，而她，从此将开始她实现梦想的第一步。

于是打电话告诉妈妈她回不去了，因为一个姐妹病了。事情没有成功时，她是不能告诉家人的，她不想家人为她担心。她也知道，妈妈会被这样的消息吓着的，她一辈子没享过什么福，对女儿也没有太多的要求，有一份稳定的工作，有个体贴的丈夫，就足够了。她当然不知道，她遗传给女儿美貌，却遗传不了思想，女儿有着自己远大的志向。这一切，她都不知道，她只是隐约记得，女儿从她手里拿过沾着水果蔬菜清香的钞票时，轻轻对她说："妈，以后，我会让你们过上好日子的。"

她却并没有在意："傻孩子，妈现在就挺好的。只要你平平安安的，别让我担心就行。"

郑家诚选择在自己的大学里与胡秋月见面，其实有点内情。他大学要毕业时，比他小两届的学生都开始恋爱了，这让他走在校园里有点抬不起头的感觉。所以，他想，如果和一个漂亮女孩走在自己的大学里，是不是会有特别的感觉，好像又回到了学生时代？

胡秋月悄悄打量着旁边慢慢踱步的男子，他似乎在自我陶醉，嘴角拉出一个微笑的弧度。出乎她的意料，对方竟是一个英俊的男子，她一直以为高官家的子女要么是长相丑陋，要么是个子极矮，所以生在富贵之家；而穷人家的孩子，往往生得漂亮，聪明，因为上天是公平的。若是富人家的孩子偏偏也是聪明漂亮，样样都占了上风，岂不是有失公平？

但是她很快把这个意外归功于自己，因为上天对她的宠爱，才赐给她这样一个美男子啊，要不怎么配得上她呢？

毫无疑问，他对自己一定是很有感觉，她知道，十个男孩子九个都会被她吸引的，剩下的那一个，就是有点智力问题。

她有点心满意足了，她发现自己心跳加快了，是因为这出乎意料的结果吗？

大学里有林荫道，有湖水，有小桥，其实和公园差不多，所不同的是这里有许多的大学生。他们或三三两两，或三五成群，走过操场，走过林荫道，而胡秋月和郑家诚这对看似情侣，又似同学的俊男靓女无疑吸引了许多学生的注意。在郑家诚看来，男孩子们投来的是羡慕甚至嫉妒的目光。

而在胡秋月看来，女孩子们更是对她充满嫉妒。她一直就以为自己是别人羡慕的对象，所以，平时就很骄傲；现在，是另外一种骄傲，和旁边这个男人有关，他让自己更加有资本骄傲了。

郑家诚，其实心里很紧张，因为，他并不确定自己是否可以拥有一个美若天仙的女朋友。和这样一个女孩子见面，其实心里很有压力。本来，别人总是夸他英俊，他自己也知道，但是，就是学不来同寝张亮那个坏小子的油腔滑调，大学四年，女朋友换了少说也有十个，那小子就是口才好，学校辩论会每届他都是最佳辩手。

张亮其实长得并不英俊，小眼睛，长长的脸，但是，就是能够吸引女孩的注意。英俊的外表并没有带给郑家诚完全的自信，他甚至想，自己不英俊也无所谓，要是能像张亮一样能说会道多好啊。

而自己，从小学时就从不主动举手回答问题。一次，老师点名要他回答问题，偏偏那道数学题他根本没听懂。结果，满脸通红，支支吾吾地告诉老师："我不会。"从此，那数学老师再也没叫他回答过问题。

当然，那时他的父亲还不是局长，甚至一个小科长都不是，所以，他在学校里属于老师不过问的那种不爱讲话，成绩不上不下的最普通的学生。

而小时候他长得也很普通，直到十五岁后，才逐渐俊朗起来。老师们也才开始注意他，但是，养成的习惯已经改不掉了，他还是笨嘴拙舌，平时还好，一旦叫他回答问题，就严重口吃起来。久而久之，老师们只能叹气，不再为难他。

如今谈恋爱，他心里很着急，女孩子喜欢听什么话呢，他要说些什么？他发现自己的词汇量严重缺乏。其实不是缺乏词汇，他当初给女孩子写的诗不也写得挺好吗？是思维迟缓，词汇根本组合不到一块儿。

两人沉默的时候就多了些。有话也是胡秋月主动问，郑家诚答。

胡秋月很快明白这个男生英俊背后的苍白了。充满快乐的心有了些皱缩，像是缺少水分的滋养。他怎么什么都不说呢？问一句答一句。

那么，还要不要继续？胡秋月心里有了斗争。本来，她是打定主意，无论对方多么难看，个子多么矮，她都无条件接受。

可是真到了决定的时候，却是那么难。

第七章　疏远的关系

国庆过后，气温骤降，这就是北方。

小宇最怕冷了，立即把自己包裹得严严实实，粉红色针织毛衣，牛仔裤，旅游鞋。虽然厚重了些，但是年轻人的活力依然让她走起路来轻盈而有力。旁边的韩冬冬，却依然还是夏天的装束，只在短袖外面添一件棉外套，因为她个子矮，体形又偏胖，当然不肯多穿衣服。

这时候，她们两个一起到儿科实习了。不知道为什么，小孩子们似乎更喜欢韩冬冬，可能是她胖乎乎的样子很可爱吧。

小宇似乎并不喜欢这些小孩子，她一听见孩子们哇哇的哭声，就心烦意乱，脸上的微笑也僵硬起来。久了孩子们有点害怕她。

父母们视孩子为宝贝，见到小宇她们这些年轻的面孔，就有些不高兴，“我家孩子的血管特别细，老护士都不一定一针扎上。”有的干脆说：“你不能扎，找个老护士来吧。”

所以小宇在儿科实习的日子最不开心。看着韩冬冬每天乐颠颠的样子，她羡慕之余更有嫉妒。儿科的护士长甚至对韩冬冬说，等她毕业时，如果能留在这所医院，她非常欢迎她来儿科工作。

可能韩冬冬也开始向这个梦想努力了。小宇的烦恼只能一个人闷在心里。那天，韩冬冬下班了仍然不走，说要跟着值夜班，小宇只好自己走了。

一个人走在路上，秋风瑟瑟，小宇感到有点冷。这时，一个熟悉的声音传来：“怎么是一个人啊？”一看，是邵平，难得遇见他，据说他是以院为家，主攻外科，住在医院里好久了。

邵平原本略黑的脸因为总在室内的缘故，好像白了些。

小宇忽然有诉说的冲动。不知从什么时候起，她们四个女孩子开始各忙各的事了。李春天好像和方明在交往，胡秋月也和那个郑局长的儿子进出于宿舍间，韩冬冬这段时间自然是热爱上那群孩子了，她们好久没有在宿舍里高谈阔论了。胡秋月常常夜不归宿，李春天也是很晚才回来。剩下小宇和韩冬冬，两人似乎没有多少共同语言。

邵平主动提出请小宇一起吃晚饭。在她们宿舍附近的小饭馆里，邵平甚至叫了一瓶啤酒。

小宇说："给我也来点酒吧！"

邵平一愣，随即板起脸："女孩子不能喝酒，不好。"

"有什么烦心事，对我说说吧。"他关切地看着小宇，那神情，那语气，像一个大哥哥一样。

小宇立即感动得想哭。她想说，她和其他姐妹已经不像从前那样亲密无间，难道是因为已经成了竞争对手？医院护理部是开会说过的，要在所有实习生中选择优秀的留在本医院。

其实这是谁都明白的事情。邵平更懂，但是这和他似乎没有什么关系，因为他是打定主意要回自己家乡的，新疆。他永远记得小时候，爷爷心脏病发作，送到遥远的县医院时，已经错过了最佳抢救时机。他想，为什么不多建几家医院呢，如果医院就在他家附近，爷爷是不是就能抢救过来了？他更想念的是他的父母、弟弟，他不能离开他们。

"你觉得这所医院好吗？你想留下来？"没有婉转，直入主题。

面对这样的问话，小宇有点乱了阵脚，他怎么知道？怎么知道自己为何烦恼？

"是啊，我喜欢这个城市。"的确，小宇最喜欢在这个城市的江畔散步。风轻轻地吹过，柳树的枝条舞动，轻抚过她的脸颊，她就想拉住一根枝条。

眺望江面，江中间是一个小岛，人们称为"柳树岛"，想必它上面有许多柳树吧。但小宇一直没有机会登上那个小岛，她心里有一个梦想，那就是等自己老了，就到那个小岛上去生活。

"你不想留在这里吗？"小宇突然觉得邵平话中有话。

邵平就将自己的想法原原本本地说出来。也许是酒精的作用，也许是想起了不在人世的爷爷，他的情绪有些激动，眼眶红了，鼻子开始发酸。

小宇先哭了，她只知道新疆有辽阔的草原，奔驰的骏马，却不知道这美丽的风景中隐藏的是贫穷与落后。

更重要的是，她想起了自己的奶奶。同样是因为家庭贫困，付不起高额的住院费用，不得不放弃治疗。她想起患了癌症的奶奶瘦骨嶙峋地躺在床上，骂她的儿女不孝。那时，她唯一的想法就是，以后自己要挣好多钱，让贫困成为历史。

许多年过去了，她的家已经摆脱了贫困。父母离开他们热爱的土地，成为商人，在镇上开了家店铺，专销售农药、化肥以及各种农用生产物资。

家庭经济条件越来越好，小宇和妹妹夏小枫相继成为大学生。但是她们深深理解父母的辛苦，上学期间都是省吃俭用，做家教。小宇看宿舍里几个同学花钱如流水，她在心里为她们叹息。同样，她的节俭又让她们看不惯，幸好还有韩冬冬，她的家庭也不富裕，她们理所当然地成了朋友。

但是，现在，韩冬冬不再像从前在学校一样了。现在一说起来，就是医院的事情，哪个带教老师夸奖她了，哪个孩子叫她阿姨了，诸如此类。好像刚开始实习时，她们还常常谈哪个实习医生最帅，但是后来所有实习生都熟悉后，这些话题也没有了。

深秋的夜晚，两个青年男女，走路的姿态有些奇怪，好像喝醉酒的样子。小宇后来后悔，自己的丑态全被邵平看到了，羞死了。

第八章　我不是天使

在儿科实习了一个月后轮去急诊，小宇终于松了口气，然而接下来的日子更让她烦恼。护士工作听起来好听，“白衣天使”，但实际上根本不是那么回事。

以为离开儿科就不用面对哭闹的孩子们了，殊不知急诊科三分之一的病人都是孩子。护理部正是考虑她们在儿科练就了扎头皮针的本领，可以胜任急诊护士的工作。

韩冬冬明显不比在儿科那样高兴了。因为急诊的工作节奏太快了，而她是慢性子，第一天就被病人家属投诉。那是一个心脏病发作的病人，带教老师忙着建立静脉通道，指挥韩冬冬为病人测血压、脉搏等生命体征。韩冬冬先测了脉搏，120，然后开始测血压，她发现病人太胖了，血压计的袖带反折后两面的黏合面只能对合一小部分。她一着急，水银柱打到150mmHg时，袖带突然挣脱了压力，黏合面“哗”地一下断开了，韩冬冬只好重新扎好袖带。但是家属不高兴了，“你能不能快点啊，你到底会不会啊？”

韩冬冬自实习以来还没有受过这样尖锐的批评，她的眼泪立即溢了出来，但是手下的动作却加快了，第二次终于成功测量到血压，“180、100！”她飞快地报告数据，但声音明显在颤抖。

还好，对病人的抢救成功了，小宇追上向楼梯口走的韩冬冬，想劝慰她。韩冬冬委屈地对小宇说：“我们为什么要做护士呢？要看别人眼色，气也气死了。”说完，禁不住掉下眼泪。

小宇想起自己实习第一天的遭遇，原来，大家都会经历这样的事情。病人和家属这类特殊的服务对象，比正常人更容易激动，受到他们的责难是护士工作中的家常便饭。而对于她们这几个还在实习中的年轻姑娘而言，任何批评都会导致自尊心受损。

下午，陆续又来了几个病人。一个是患宫外孕的未婚女孩儿，一个是打架斗殴导致的腹部刀伤，还有一个是急性阑尾炎，分别被转入住院部各科室。

一天下来，小宇和韩冬冬累得腰酸背痛，她们才知道急诊真是最忙最累的部门。急诊护士都是从护士中选拔出来的精英啊，她们从护士长口中知道，小宇的带教老师张娜曾经在全市的护理技术比赛中拿了全能第一。另外的几个护士都曾拿过奖，或在原科室表现出色。

小宇她们看到老师们在抢救病人时动作迅速、技术娴熟，有条不紊，再看她们平时，说话、走路速度都极快，给人以成熟、干练的感觉，不禁心想，如果我也能做到像她们那样就好了。

回到宿舍，两人不约而同地倒到自己的床上，韩冬冬大喊："累死我了!"两人都没注意，胡秋月也在宿舍里，因为她把自己的床拉了一道布帘。这时，布帘打开了，胡秋月起身下床，却不想里面还有一个人，这一看，小宇和韩冬冬都一扫身上的疲惫感觉，从床上一跃而起。

此人不是别人，正是郑局长的儿子郑家诚。

原来他们已经这么亲密无间了。小宇看看郑家诚比胡秋月还红的脸，想起最初见到他时的样子，也是这样的脸红吧，却已经隔了几个月了。

郑家诚当然是羞得几乎想夺门而出，他冲小宇和韩冬冬充满歉意地笑笑，就低下头。

"爱情甜蜜，真羡慕你们两个!"韩冬冬为他解围。

倒是胡秋月没有那么害怕。她顺势倒进郑家诚的怀里，满脸的笑容，更是甜蜜蜜。

郑家诚刚刚有些变回颜色的脸立即又红了。他轻轻推开胡秋月，说："我看我还是先走吧，你们姐妹几个好久没聚了，都怪我，把胡秋月从你们身边抢走了。"

小宇她们都笑了。

胡秋月送郑家诚到门外，好久才回来。

"秋月，他好吗？你好像真得喜欢上他了。"小宇打破了沉默的气氛。

胡秋月淡淡地笑了一下，喜欢和爱是一回事吗？如果是，她想，她只能说是喜欢他，而不是爱。她心里对城市生活的向往让她没有用心去分辨爱与不爱。只要他能帮她留在这个城市，让她成为这里的一员，她就什么都不在乎了。

但是说出来的话却是："是的，我很喜欢他，他也喜欢我。"

看来，小宇她们只能面对胡秋月的谎言了。

她们最近在医院里很少见到胡秋月，难道她根本不来医院了？

没错，胡秋月已经一个月没有来医院了，因为学校领导不来检查，实习队长邵平近来也忙于学习，没有过问她们的事。胡秋月在离开妇科时对护士长说，她要去儿科实习了，实际上，她根本就没有去。

她美丽的外表、苗条的身段需要有个舞台展示。她原本就做过业余广告模特的，不久前，一个广告公司请她拍一个洗发水的广告。

没想到这个广告还要去沿海城市拍，她首先想到了她的家乡广州，她于是问公司能不能去广州，要是不去广州她就不拍。广告公司老总听说她的家就是广州的，乐了，立即同意。而她一不做二不休，干脆不去医院了。

带上郑家诚。郑家诚有点受宠若惊，他们才交往不过一个月，她居然让他跟她回家！一开始时，他知道胡秋月心里是犹豫的，但是后来，却发现她和他的距离越来越近，甚至变被动为主动了，倒是他，一时有点接受不了。胡秋月是他吻过的第一个女孩子，他的初吻。而她并没有表现出特别的样子，很平静。

后来，她开始愿意他吻她，甚至主动地吻他，也不介意他躺在自己的床上。于是就有了小宇她们撞见的场面。

而他，似乎也沉醉于这场恋爱中了，就是她了，否则，还有比她更好的吗？当然，他也发现她的缺点，她爱时装，爱首饰，爱追赶流行与时尚。但是这有什么不好呢，任何一个美丽的女孩子都是爱这些的，这些华丽的东西就是为她们准备的。她是一个美丽的天使，但同时，也是一个爱挥霍的世俗女子。

那么，这个华丽的女孩子背后的家庭又是怎样的呢？他好奇而又担心。

第九章　闯祸

小宇自从那天晚上和邵平酒醉而归后，就再也没看见邵平。心里暗自庆幸，但是没想到邵平却来她们的宿舍造访。

几个月过去了，小宇她们知道邵平虽然是实习队长，但并不像学校里的学生会领导那样严格。因为都是同龄人，私下都是好朋友，一般都睁一只眼闭一只眼。

但是这次邵平生气了。他来找小宇她们是要告诉她们，后天学校的教务科长要来医院检查。一看几个女孩子听了脸都变了颜色，就觉得有些不对头，再仔细一看，四个女孩子少了一个胡秋月。

“胡秋月呢?”小宇、李春天、韩冬冬，三个人你看我，我看你，谁都不敢说话。

“她，她回广州了。”小宇小声说，怯怯地望着邵平，也顾不得想上次喝酒的失态了。

“什么时候走的，什么时候回来?”邵平生气了，他没想到会出现这个意外。

“不知道。”韩冬冬也有点不满，心想和我们有什么关系呢，胡秋月向来是我行我素。

“也怪我们太粗心了，以为她会和你请假的。”李春天打着圆场。

事到如今，只能快点联系上胡秋月，如果她今天就动身，明天就可以回到医院。

还好电话打通了，那边的声音很吵，好像有好多人似的。

“喂，你好!”胡秋月大声喊着，却听出声音是带着笑。

“胡秋月，马上回医院，明天学校领导要来检查!”邵平的态度很严肃。

胡秋月一愣，怎么这么巧，她到家才三天啊，本想一边拍广告，一边在家里待着，她骗母亲说学校放了半个月假让她们写毕业论文。

但是，计划被打乱了。学校要来检查，胡秋月也有些害怕了，印象中教务科长戴着一副黑色边框眼镜，是个很严肃的人。

教务科长真来了，他看着这些刚离开学校不久就以为自由了的学生们，不由得心中生出许多感慨。想当年，他也是这个学校的学生，也像他们一样在医院里实习，但是那个年代的学生多么热爱学习啊，他差不多能把一本书背下来，甚至能记住一段内容在多少页码上。

而现在的学生，要么考试前强化复习，要么搞小动作。真正热爱并认真学习的学生太少了。当他接到一个不愿透露姓名的学生的电话，说附属医院有些实习生私自外出、不认真实习时，他很生气。放下电话就给实习队长邵平打电话，也没有多问，只是告诉邵平他要来检查。

医院的会议室里鸦雀无声，几十双眼睛盯向教务科长一个人，教务科长在训话："我听说有的学生私自改了实习计划，应该到下一个科室实习了，却不去，也不请假。你们也太大胆了吧！"

胡秋月的头低得不能再低，事实上，这样的学生并不止她一个。而她以为是有人向学校告发了她。

教务科长走之前又把实习队长邵平训了一顿。他说他会上讲的是学生反映的问题，"你这个实习队长可不称职啊，不能只顾着自己学习，要担负起整个实习队伍的管理工作"。

邵平只能点头。他如果要做好这个"管理"，那就必须每天去各个科室检查，那他自己也不用实习了。

而他自己觉得，实习是不需要别人监督的。每个学生都应该知道实习的重要，是为自己将来要从事的工作做最直接，最有效的准备。如果一个学生不认真实习，只能说明他并不热爱自己将要从事的工作，或者压根就是想改行了。比如胡秋月，她不断去拍广告，想必是要改行做模特了。

送走了教务科长，邵平从街道上往医院院里走，已经快到下班时间了。只见小宇她们四个一起跑过来，脸上都挂着焦急的表情。

"李科长怎么说的？不会处分秋月吧？"韩冬冬口无遮拦，开门见山地问。

“他根本没问是谁。”邵平笑了，心里为这些单纯的小女生感到可笑，不好好实习的学生也不是少数，幸好她们还算是好学生。

“那，谢谢队长了。”胡秋月有些不好意思了，心想邵平一定受了批评。

“没事，下次可不能这样了，家里有事要先请假。”邵平收敛了笑容，尽量使自己看起来很严肃的样子。

“队长，今晚我们请你吃饭吧，作为谢罪。”李春天提议，这个广州姑娘对美食特别感兴趣。

小宇突然想起上次和邵平在小饭馆喝酒的事，下意识地看了邵平一眼，不想正撞到他的目光，两人的脸都红了。

韩冬冬发现了这个细节：“奇怪，你们俩怎么脸红了，吃饭怎么了？又不是你们单独吃。”

胡秋月打个圆场：“快走吧，我们就去那家新疆特色的饭店。”

第十章　说真话游戏

这家新疆人开的饭店主营烧烤，从老板到服务员，清一色都是高鼻梁、大眼睛的维吾尔族人，小伙子高大帅气，姑娘们苗条漂亮。不少顾客来这里不是为了吃饭，就是想看看维吾尔族同胞的样子。

而邵平看到了家乡人，十分激动。他用维语和其中一个小伙子热烈交谈着，听得小宇她们一头雾水，你看看我。

点的烤肉串、羊排等需要等待。邵平回到了座位上，大家忙好奇地问他刚才和维吾尔族小伙都谈什么了。

"我就是问他家是新疆哪里的，没想到和我是一个县的呢!"大家第一次见到邵平这么开心。他一高兴，说："叫方明也来吧，要不就我一个男生多没意思。"

饭店就在他们宿舍附近，方明五分钟不到就来了。他只知道邵平叫他来一起吃饭，并不知道还有这"四大美女"，这个称呼是他们宿舍的男生们私下里戏称。方明一开始对胡秋月表示好感遭到拒绝后，发现李春天最温柔，最终喜欢上了李春天，并主动追求。李春天平易近人，没有胡秋月的傲气，象征性地推辞了一下就接受了。

方明愣了一下，而大家看到他的惊讶都笑了。李春天示意他坐过来。而他再看邵平，脸红红的，眼神迷离，分明已经有点喝高了。

果然，邵平的话开始多了起来："我们做一个说真话游戏吧，每个人都要接受提问并如实回答，如果大家认为他说的是假话，就罚他喝酒。"

大家一致赞同。

既然是邵平提议的，就先从他开始，另外几个人每人都可以问他一个问题。

韩冬冬有点迫不及待："邵平，你谈过恋爱吗？"

大家大笑，韩冬冬的脸红了："笑什么，也没说不可以问这样的问题吧?"

邵平好像一下子清醒了不少，原本就红通通的脸更红了："这个，应该是没有吧。我暗恋人家，但是不知道人家对我什么感觉，所以，没有。"

说这话时，他悄悄地瞥了一眼小宇，又是那么巧，两人的目光又相遇了。

韩冬冬若有所思地点了点头："你说的应该是真的，我的问题问完了。"

挨着韩冬冬坐的就是小宇了，她还没有从混乱的思维中走出来："你毕业后要去哪儿?"来不及细想，这个问题就脱口而出了。

邵平看着她，这次好像是注视了："回新疆，我的家乡，你们愿意和我一起去吗?"

是在问大家?"我愿意，新疆我还没去过呢，蓝天、草原、羊群，多美啊!"韩冬冬接道。

"和你一样，我也要回家乡啊!"李春天说着话，眼睛却看着方明。

"和你去旅游观光我去，长期驻扎我老爸老妈肯定不同意。"方明没注意到李春天的目光，只顾看着邵平。

"回答问题的人不可以同时提问吧?"胡秋月指出邵平违反了游戏规则。

于是下一个人开始问问题。方明问："你最喜欢在座女孩子中的哪一个?"

天啊，他居然敢这么问!几个女孩子不约而同地害羞起来。不管是有恋人的，还是喜欢邵平的。

邵平的头脑更清醒了，但是只能装着喝醉了："我哪个都喜欢啊!"

"是问你最喜欢的!"方明不依不饶。

"让我写在纸上吧，分别写在五张纸上，给你们五个人。"邵平说着就向服务员要纸和笔。

当小宇看到折了四折的纸条时，心里在打鼓，手也有些发抖。饭店里的灯光很亮，看清楚了：“小宇，我只喜欢你。”小宇再不敢抬头。

其他人收到的纸条里都写了什么呢？暂时保密。只知道大家对邵平的回答都很满意，没罚他喝酒。

而游戏似乎越来越有意思了。当轮到方明被提问时，李春天问：“你交过多少女朋友?”语气温柔，眼神却凌厉。

方明求饶一般：“我谈过一次恋爱，那都是上学时候的事了，连那女孩长什么样我都记不清了。”

李春天笑了，如所有恋爱中的女孩子一样，露出幸福的表情。

邵平看着方明笑，看得方明有些害怕了，一个劲儿地使眼色。邵平当然知道方明的底细，因为是医院的出纳，工作好，人也不错，从他参加工作起就不断有人给介绍对象了，恐怕十个都有了。只不过要么是方明不满意，要么是对方不满意。见了面，有的也象征性地相处了几天，但是都没有结果。而学校里的恋爱邵平也是知道的，方明说那是他最难以忘怀的，女孩子的照片他现在还保存着呢。邵平当然也看到过，果然如他所料，女孩子和李春天长得蛮像的。

轮到小宇时，韩冬冬问了这样一个问题：“如果你喜欢一个男孩子，你会主动向他表白吗?”

小宇百思不得其解，我喜欢？她的意思是我喜欢邵平？我喜欢他吗？她自己也不能回答自己。

只好说：“不会。”

方明接着说：“那当然，总是要男孩子主动些的。”

胡秋月问：“你找朋友的标准是什么?”

好家伙，一个比一个刁钻。

“善良、有事业心、有责任感，还有，想不起来了。”小宇感觉今天自己的思维就是有些乱。

韩冬冬是最后一个被提问的，她挺了挺胸，大方地说：“随便问吧，本姑娘有问必答。”

“你喜欢什么样的男孩儿?”小宇先问了。

大家也都等待着她的回答，猜想着她会怎么说呢？这个侗族的小个子姑娘，经常为自己的个头发愁，却没有人不承认她的可爱。她调皮的时候常常让愁眉苦脸的病人都开心一笑。

此时她却收敛了笑容，端庄地坐着，语气透着不曾有过的庄重："他个子不用太高，像邵平那么高就行。"

大家笑。邵平也跟着笑了。

"长相也不用英俊，肯定不能跟胡秋月家的郑家诚比啦！"听到韩冬冬这样说，胡秋月得意地抬了抬头。

"重要的是要是个医生，因为我是护士，我们以后下岗了还可以自己开个诊所嘛！"

大家哄堂大笑。

韩冬冬也和大家一起笑了，心里轻松了不少，心想，他会明白吗？

第十一章　广州之行

郑家诚和胡秋月短暂的广州之行后，父母立即对他进行审问。

“她父母都是做什么的？家里怎么样啊？”母亲显然是最关注这些具体问题的。郑局长则在旁边显得有些漫不经心，在他心里，只要这个女孩子个人素质不错，其他附加条件都是次要的。

当听说胡秋月的父母是卖水果的商贩，郑夫人皱起了眉头。她以为胡秋月就算是普通家庭出身，父母也应该是个教师、医生什么的，没想到和文化人一点边都沾不上。

郑家诚看着母亲骤变的脸色，心里打起了小鼓。胡秋月带他走进她的家门的情景浮现在他的脑海中。

那是一间坐落在郊区的房子，和广州市中心的现代高层建筑简直不是一个世界。但是那样的小平房在每个城市都有，大门只是几块木板钉成的，第二道门他要低头才能通过，胡秋月的脸红红的，笑容也有些不自然。

事实上她是在回家的当天才决定告诉家人这件事的。母亲听说她交的男朋友是局长的儿子，十分高兴，但是又犹豫起来：“我们家这样，人家不会嫌弃吧？要不，先别让他来了。”

但是胡秋月有自己的想法，她是爱慕虚荣了点，但是对于自己的爱人，她首先要求的，就是对方的尊重，她甚至想让对方把她当女神一样，用仰慕的目光看她。

于是，她想考验一下郑家诚，他到底是真的喜欢她，可以不考虑其他因素，还是只是个官宦子弟，和她交往只是玩玩而已？

当听说胡秋月要回家几天，郑家诚小心地试探着：“广州好玩吗？我还没有去过呢？”

令他受宠若惊的是，胡秋月立即邀请了他：“那你和我一起，去玩两天吧。”

随意而轻松的语气，其实胡秋月在暗自观察着郑家诚的反应。看到他惊喜的表情，她在心里满意地笑了，并生出一丝甜蜜的感觉。

出租车上，广州的城市风貌从车窗外接连不断地映入眼帘。清凉的风吹进车内，胡秋月的长发飘起来，掠过郑家诚的脸颊，他们此刻正偎依在一起，共同欣赏着广州美丽的景色。

从火车站出来，他们和广告公司就分开行动了。尽管公司为她安排了酒店，但她还是执意要回家住一天，然后到指定的海滩拍广告。

当离胡秋月的家越来越近时，她的心也越来越不安，下意识地挣脱了郑家诚的怀抱。在火车上，漫长的旅途中，他们谈了好多话，其中就有她的家。而在此之前，郑家诚从来没问过，这一次也是胡秋月主动说的。

郑家诚听完了胡秋月用略低沉的声音叙述了她的家庭后，感觉到她情绪的低落。他拥她在怀里："这很正常，社会里有不同的家庭、不同的职业，没有高低贵贱之分的。"

胡秋月心里想，你可以不在乎，但是你的家人呢？

胡秋月的母亲显然为了这次会面做了精心的准备。窗帘是新的，玻璃透明得像不存在一样，水泥地面虽然是灰色的，却十分干净。而她自己，也把从前乱蓬蓬的头发理成了简洁的短发，并染成了黑色，因为她已经有了不少白头发，染了会让她显得年轻些。

胡秋月的父亲显然没有刻意修饰，之前他还埋怨妻子的临时抱佛脚。"咱家就这样，爱同意不同意。要是他真喜欢咱家秋月，哪会在乎这些呢？要是在乎，这样的女婿，不要也罢！"

他的妻子却不同意他的看法："现在什么都讲究包装，你看我这一收拾不也漂亮了不少？"她故作扭捏状，等待丈夫的赞赏，没想到人家撇撇嘴角："再收拾也是那样！"

的确，胡秋月的母亲长相只能说是普通，胡秋月是遗传了父亲的优点。她当然不知道，父亲当年并不喜欢母亲，是家里人硬把两人撮合到一起的。这些年，两人总是吵架，在胡秋月的意识里觉得这是很正常的，邻居家的叔叔阿姨也吵架，不过不像她家这么频繁。

胡秋月的父母此时不约而同地上下打量着眼前这位英俊的小伙

子，心里想女儿的眼光真不错。

他们以为富人家的孩子都是吊儿郎当的，嘴里叼着香烟，说着脏话，目中无人的样儿。而眼前的小伙子却完全是个老实人家的孩子样，甚至有些腼腆，说几句话脸就红了。

胡秋月看着三人都拘谨的样子，反倒轻松了。她开始恢复到她女儿的角色里，搂着母亲的脖子，撒起娇来："妈，我饿了，做好饭没？"

胡秋月的母亲立即起身："差点忘了，你们坐了那么久火车，又累又饿，我早准备好了。"

如果说长相不好，没有赢得丈夫的喜欢，那她一手好厨艺在他们的婚姻生活中起到了润滑剂的作用。胡秋月的父亲自从吃了妻子做的饭，就再也不去外面吃饭了，每天他们在水果市场收了摊，就径直回家。一开始时是他歇着，妻子一个人做，后来，他有些过意不去了，虽然他说不上喜欢她，但是已经是夫妻了，看着她坐下来时疲惫的样子，他有些责备自己的无情，渐渐地，就变成了他打下手，妻子是大厨。两人争吵后和好的地方，别人家是在床上，他们家是在厨房。

郑家诚的拘谨在吃饭时终于有所缓解，红烧虾、水煮鱼等海鲜自然应有尽有，糖醋排骨、麻辣鸡翅也是让人垂涎三尺。胡秋月此时也顾不得保持淑女形象了，自顾自地大吃起来。

胡秋月的母亲则忙着给郑家诚夹菜，郑家诚看着胡秋月的吃相，突然觉得眼前这个女孩儿更亲切一些。在和她交往的短暂的一个月里，最开始，她是骄傲而矜持的，后来是温文尔雅，让人望而却步，他就想她是理智的，是个城府很深的女孩儿。他也在考虑要不要继续交往下去，但是有了这样的想法后，他就发现自己会有一阵心痛。当一个声音对他说："不要和她在一起了。"另一个声音就会反驳："她多美丽啊，和她在一起你不是很快乐吗？"伴随着一阵心痛。他想，可能这就是爱一个人的滋味吧。

所以，他不再注意她的刻意掩饰，并纵容她的挥霍，因为她在得到一件新衣服或首饰时所露出的笑容是最真实的、满足的，而不同于平时她对他刻意做出的敷衍的笑容。

而当两个人在海边沙滩上的时候，迎着海风，他站在她身后，两人手掌相握，十指相扣，特殊的情境，他们相信就是从那一刻起两人才真正开始相爱。

这样的情景，却被一旁的广告公司拍下来，摄影师若有所思，广告制作人员也有了创意。本来说好是胡秋月一个模特的，现在干脆就加上男主角了。然后以爱情为主题，诠释他们的产品，其实就是一个化妆品的广告，原本有美女就够了，但是现在加入爱情的元素在里面，制作人员相信会更有内涵，整个广告质量就上了一个档次。

最后，胡秋月看了摄影师的照片，强烈要求把他们拥吻的镜头删掉。郑家诚在一边，脸又红了，心里却欣喜着。

而快乐的日子不过三天，就被邵平的电话打断了。郑家诚的甜蜜旅行也不得不仓促结束。

而接下来要交的作业却毫无快乐可言。母亲的盘问，几乎像是在审讯犯人一样。从小一直听话的他这一次终于在压抑中爆发了。

“你们爱怎么想就怎么想吧，反正我就是选择她了。”他倔强地说，语气已经不是商量而是宣布了。

郑夫人火了，这么多年，这儿子一直像小绵羊一样顺从着她，现在怎么突然变成了老虎?

“要是我不同意呢？她还真进不了我们郑家的门!”她当然不能纵容在她看来是一时冲动的儿子。

“我们不用进郑家的门，我们有自己的生活。”郑家诚放下这句话，逃似地离开了家。

第十二章　我们一起滑旱冰吧

十一月里，小宇她们对实习生活已经适应了，并且开始在其中寻找乐趣。每天上电梯的时候，她们经常能遇到一个帅气的男子。为什么说是“男子”呢？因为首先不能说他是男孩儿，他和那些实习的男生们比起来根本不是一类人，他带着成熟男人的气息，英俊的面孔，如剑的双眉，薄嘴唇。李春天说她特别喜欢看他的侧面（正面对着不好意思盯着看），其实她心里想着，我的男朋友方明要是这么英俊就好了。

爱美之心，人皆有之。韩冬冬像小广播似的对大家说：“你们知道吗，他是医院进修回来的脑外科医生赵海涛！”目前她只打听到这么多信息，至于人家结婚否却不敢问。

小宇并没在意她的话，心里在想着邵平。自从那次说真话游戏后，她就觉得他们之间好像要发生什么事情。但是半个多月过去了，邵平好像失踪了一样。

李春天表面上装着漠不关心的样子，哼哈地点着头。心里却是十分高兴，因为她下周将要去外科实习了，那样就可以天天欣赏美男子了。

胡秋月更是不感兴趣，她有一个局长的儿子就已经足够了，她可不想半路再生出什么枝节。

但是从李春天进入脑外科实习后，这个美男医生却成了她们晚上就寝前重要话题。李春天先是告诉大家，此男尚未婚配。说这话的时候，大家能感觉到她十分得意的样子，好像是她抢先知道的秘密。

韩冬冬打趣道：“李春天，你该不是要变心吧！你可要注意了，小心我告诉方明。”

李春天急忙辩解：“我就是喜欢美男子，难道你不喜欢看帅哥？哪次逛街你少看了？”

大家大笑。

其实李春天真是没有什么变心的想法。当早上脑外科交班时，护士长把李春天介绍给医生护士们，又把医生护士们一一介绍给李春天。一个个陌生的面孔中，唯有赵海涛是她认识的，确切地说是她认识了他，但他并不认识她。但是当护士长指着他说“这是我们科的骨干医生赵海涛”时，他微笑着点了点头，似乎还有点脸红了。

他是一所重点医学院校毕业的，工作了两年后被医院派到上海专门进修了外科中的脑外科。现在学成归来，极受领导重视。

二十八岁的他，事业上一帆风顺，同事们羡慕，科里的小护士们经常对他眉来眼，但是他好像并不动心。没人知道他是怎么想的，只是觉得，这个医生有才华，也有些傲气。

李春天来的那天，恐怕是同事们第一次见到他脸红。交班会后就有护士在窃窃私语了：“你说赵海涛是不是对那个小姑娘一见钟情啊？”“谁知道，反正他脸红了。”

护士们中暗恋他的自不必说，对李春天一开始就有了点成见。于是什么脏活、累活，一样的几个实习护士在那里，单单就叫李春天。

李春天并不知道是怎么回事。回宿舍后就开始向姐妹们诉苦了：“我在别的科室可没遇到这样的待遇！”

两个星期之后，院里的实习生中传出这样的消息：“一个外科帅医生喜欢上一个实习护士。”

这话是韩冬冬听说后告诉李春天的，李春天才明白护士们为什么对她那么过分了。然后她又想起了在科室里和赵海涛单独接触的情景。在护士站，通常有好几个实习护士，但他总是叫李春天帮他找病历，在递给他病例的时候，他总要笑着看她，现在想来，那目光真是不寻常呢！还有一次，他在换药室给一个病人换药，他也叫来李春天帮忙。而平时这样的事情是根本不找实习护士的。帮忙的时候，他就像是聊天地问李春天，什么你家是哪里的，你多大了，这样的话。他戴着蓝色的口罩，看不到他脸上的表情，但李春天能感觉到他其实是很紧张的。

现在想想，这传言也是有依据的。本来应该在脑外科实习一个月的，但李春天决定提前结束。不知道这话传没传到方明那里，她可不想继续蒙受不白之冤。虽然赵海涛是英俊，但是方明也有方明的好，她是不会做背信弃义的事情的。

李春天的离开让赵海涛明白许多事。当他在医院大院里看到李春天和方明走在一起的时候，才恍然大悟了。原来，名花已经有了主人。

他叹了口气。

李春天一连几天都闷闷不乐。小宇也在为自己的感情问题烦恼。胡秋月又开始天天忙着拍广告。韩冬冬情绪似乎有点低落，她悠悠地说："你们都有人追求，怎么没人追求我呢？"十分委屈的样子。

邵平的电话在一个星期天的下午打过来。韩冬冬最积极，立即接起了电话："去滑旱冰？好啊！"小姑娘兴奋极了，脸也变得苹果一样红扑扑的。

"快起来，邵平说请咱们去滑旱冰！"此时宿舍里除了胡秋月不在，小宇、李春天都躺在床上看书呢。

小宇的心跳加快起来，终于有消息了，但是，为什么是请她们一起呢？

等到了约定的地点，姑娘们发现，三个男生，邵平自不必说，还有方明，另一个却没见过，那个男生个子不高，戴一副厚厚的眼镜，乍一看以为三十几岁了。

邵平拍着他的肩膀，向大家介绍："这是新搬到我们宿舍的－刘立，咱们都得叫刘哥，他是研究生毕业，在电务系统工作。"

虽然刘哥看上去老成点，但说起话来却是轻轻、细细的，十分儒雅。比方明更多了些书生气。

其实小宇是不会滑旱冰的，当她刚刚把旱冰鞋穿好，扶着栏杆要站起来的时候，就失去平衡重重地摔了下去。

钻心的疼痛让她忍不住叫出了声，大家都围过来，邵平才知道她原来不会滑旱冰。"你怎么不早说呢，早知道我们就不滑冰了。"

大家扶着她起来。小宇咬咬牙门："那谁教教我吧。"

邵平向她伸出了手。

第十三章　韩冬冬的心事

旱冰场里放着时而舒缓时而热烈的音乐，灯光闪烁，人们三五成群连成一队，像一条小龙游走在滑冰队伍中。而初学者则在场地边上扶着栏杆缓缓滑行。

小宇是第一次来旱冰场。上学时她的经济条件不允许她和其他女孩子一样出入娱乐场所，所以每次她们叫她一起去的时候，她就找各种借口拒绝了，而打发寂寞时光的方式就是学习，读书。图书馆的管理员都和她熟悉了，后来介绍她做了助理管理员，是学校专门为贫困生设置的有报酬的学生工作岗位。

小宇成了娱乐活动中的“娱盲”，穿上旱冰鞋的她变得十分笨拙，邵平拉着她的手，却还是没能避免她继续摔倒，甚至邵平也跟着摔倒了。两人只好走到场外休息。

看到小宇的鼻尖、额头已经有了细细的汗珠，邵平笑了。他们的手还拉在一起，小宇好像才发现这一点，立即抽出自己的手，换到栏杆上。她望向场内兴奋的年轻人。

这时灯光暗下来，场内的主持人用很有磁性的声音说：“下面这首《我是真的爱你》是一位男孩子为一位叫小宇的女孩子点播的。”

小宇一愣，疑惑地看看邵平，昏暗的灯光中依稀看见邵平的侧脸，“是我点给你的。”邵平的声音很清楚地传过来。

歌声响起，听的人在优美的旋律中品味着歌词的含义。

“我整个世界已完全被你占据

我想我是真的爱你

我是真的爱你

我是真的爱你

我全心全意

等待着你说愿意

也许是我太心急

竟然没发现你眼里的犹豫……”

小宇其实没有仔细听过这首歌，在她以图书为天空的日子里，音乐似乎远离了她，今天她认真地听了起来。

当歌声结束的时候，邵平说话了：“小宇，能做我的女朋友吗？”

小宇的心跳从听到主持人的话时就开始加快了，在听歌的短短几分钟里，她的心依然无法平静。现在，当她听到这样的表白的时候，觉得甜蜜又紧张无措。

她的红唇已经微微开启，却说不出话来。

“小宇，你还学不学啊？”这时，韩冬冬却稳稳地滑过来，胖胖的她在旱冰场里却十分敏捷，滑得又快又好。

邵平皱了皱眉头，心想这个韩冬冬怎么来得这么不是时候。

韩冬冬和邵平、小宇他们隔着一道齐腰高的栏杆，小宇说话突然变得吞吞吐吐的：“我，我，你们去滑吧。”

“你一个人在这多没意思，我也累了，我不去了。”邵平立即说。

韩冬冬转身滑走，一分钟后又到了小宇身边，看来她是诚心不给他们两人相处的机会了。

这时，刘立也过来了，其实他也不太会滑，但勉强能够保证不轻易摔倒。此时他是满头大汗，气喘吁吁地说：“累死我了，看来我不太适合这样剧烈的运动。倒是小韩，你滑冰技术不错啊？”

韩冬冬得意地笑了：“那是，告诉你们吧，我小学时就练滑冰了，是在冰上，不是这种旱冰呢！”

原来韩冬冬小时候因为好动，爱玩，体育老师就把她编到了滑冰队，可是后来推荐她上体校时，家里却发生了剧变。她的父母离婚了，母亲一个人离开家，在城市的另一端租了个小房子自己生活，韩冬冬还有个弟弟，两人都跟着父亲。母亲走的那天，她和弟弟还都在睡梦中。她们问父亲妈妈呢？父亲说，她不要你们了，她就在心里开始恨妈妈。而她长大后才知道母亲的离开是因为父亲，父亲好赌，是个混世魔王，还爱喝酒，生气了就摔东西，甚至殴打妻子。

母亲后来每月都来看她们一次，留下一些钱，父亲似乎从那以后也收敛了许多。但是他们还是没能再走到一起。

而韩冬冬滑冰的生涯从此结束。她过早地背负起生活的重担，母亲走了，做家务都成了她的活，还要照顾小她四岁的弟弟。可能正是弟弟带给她负担的同时也带给她快乐，让她的性格并没有因为家庭的变故而变得内向，她们姐弟两个形影不离。有一次，在母亲又送过来钱离开后，她们悄悄跟踪母亲，终于找到了母亲的住处。

那是城市平房区中的一间小屋，阴暗潮湿。母亲每天做的工作是卖自制的烙饼。早上在街道口，晚上在夜市。她推一辆简易的小车，饼是在铁板上烙成的，将面粉与水混合成黏稠状，在铁板上浇上一层，用铲子压成薄薄的一层，在上面打个鸡蛋，再加入土豆丝、香菜、葱花等，闻起来香喷喷的。

后来韩冬冬每天放了学就去帮妈妈卖煎饼。妈妈见到她立即为她做一个加两个鸡蛋的煎饼，作为女儿的晚餐，等韩冬冬回家的时候再带两个给家里的弟弟。

韩冬冬是个要强的女孩子，假期里，她拼命地打工，大学里做家教，现在终于毕业了。她本想让弟弟也读大学，可惜这个调皮的胖小子一点也不爱学习，成绩太差，高中毕业证勉强拿到后，就找了个学修车的工作，当起了学徒。

韩冬冬的父亲对儿子的表现十分失望，天天骂他没出息，一副恨铁不成刚的样子。

韩冬冬上学时虽然性格开朗，但是外表条件实在太差，个子矮，身材又不好，男生都把她当小妹妹一样，就是没有追求她的。她心里自卑的同时又有些愤愤不平，心想，你们不追求我，我还不喜欢你们呢。如果我遇到喜欢的人，他不追求我，我就主动追求他。

邵平无疑是她喜欢的，但是现在的问题是他喜欢小宇。韩冬冬真是又气又急，一面是自己喜欢的男孩子，一面是自己的好朋友，她很为难。但是最后，还是爱情至上，她决定放弃友谊也要争取爱情，于是就有了旱冰场里不合时宜的打扰。

第十四章　大兵

小宇和邵平自从上次滑旱冰后，两人的关系有了微妙的变化。当邵平再约小宇出来的时候，她同意了。

两人在医院附近的街心公园里闲逛，小宇心里很紧张，邵平也没有平时健谈了。两人居然沉默了许久。

十一月里的天气已经很冷了，两人最终去了一家餐馆。点了两个菜，木耳炒鸡蛋，豆角炖排骨，都是小宇喜欢的，可是，她紧张得什么也吃不进去。邵平也意识到了这一点，其实他也很紧张，是校友时多轻松啊，怎么成了恋人反而拘谨起来了？

当然这种紧张的局面在他们几次约会后终于消失了，小宇开始欣赏邵平的优点。邵平给她讲他小时的事情，讲大草原上的趣事。接着，又为她描绘这样的画面：两人共骑一匹白马，驰骋在茫茫的草原上，能听到耳边的风声，她在他的怀里，一点也不害怕。

“Rose”，玫瑰花，这是邵平为小宇取的英文名字。在他眼里，小宇就像一朵含苞欲放的玫瑰，羞答答地在夏天这个季节里遇见他。是的，从夏天他看见她的第一眼时他心里就认定了，她是属于他的玫瑰花，他要保护她。

这天下午，小宇正在护士站里发呆，她正想着晚上邵平请她看电影，最新的欧美影片：《泰坦尼克号》。看电影在他们的眼里其实是一件奢侈的事情。实习期学校的补助并不多，生活费还是要家里负担的，而两人家庭都不富裕，平时都是十分节俭的。所以他们的恋爱无法享受玫瑰与红酒这样的浪漫，看一场电影对他们来说，应该是一件奢侈而浪漫的事情了。

冷不防一个人走过来：“你好，请问医生办公室在哪里？”小宇吓了一跳，抬起头，只见面前是一个很高（至少一米八）的年轻男子，身材魁梧，穿着一件白大褂，看上去和他这个人很不协调，应该不是个医生。这个人笑眯眯的，他的眼睛并不大，再一笑，简直就成了一条缝儿。

小宇其实想笑，但是又觉得那样很不礼貌，强忍住笑，用手指向医生办公室的位置。

后来才知道这个叫张浩的男生是个编外实习生。他的爷爷和父亲经营一家中医诊所，而他不爱学习，高中毕业后游手好闲地待了两年。后来家里人一边教他中医的知识，一边联系让他来医院里学习一下西医，真是费尽心思。

韩冬冬发现了张浩后，私下里对小宇她们说：“你看他那傻大个，就叫他‘大兵’吧！”，于是在实习生的群体中，“大兵”这个名字就被传开了。大兵对医学可以说是一知半解，迫于家庭压力，只能来学。他总是偷懒，写病例找别人的来对着抄一抄，平时专门找实习的小护士们聊天，并吹嘘他家里的诊所生意多好：“你们毕业了如果找不到合适的单位可以去我家的诊所。”

大家慢慢就习以为常了，把他当活宝看。就说小宇第一次见到大兵这天。下班后，小宇匆匆回到宿舍，在食堂吃了晚饭。因为她不想让邵平再请她吃饭而破费，就说好了自己吃过饭，晚上六点他在她宿舍门口等她。

当小宇走出宿舍大门的时候，突然发现下午在医院里遇见的那个男生正站在门口。她装作不认识地从他身边走过，他却叫住了她：“邵平你认识吧，我们现在住在一个宿舍！我叫张浩。”天，他说这个做什么，一个宿舍就一个宿舍，和我有什么关系？

“啊，你好！”小宇一边敷衍着，一边望着路口，心想着邵平快来了吧。

“你等邵平是吧，是他让我来找你的，告诉你他今天去不了了。科里临时有个手术，现在还没下台呢，可能要等到八点多，那时候电影也快演完了。所以，他把票给我了，说不看浪费了，让我陪你去看。”

大兵笑得很得意，好像占了多大的便宜。

小宇生气了，这个邵平，不看就不看嘛，居然找个男生让我一起去看！他就不怕……

“那我也不去了，你自己去吧。”小宇说罢转身往宿舍走。

“唉，等等，不是我们两个人，还可以叫上你宿舍的姐妹呀！”大兵着急了，跟着小宇进了宿舍大门。

小宇停下脚步，抬起头，大兵太高了，她要把头抬到一定角度才能看到他的脸。看着他焦急的样子，几乎是哀求了，心里也有点过意不去了。

两人正在僵持，韩冬冬和李春天挽着胳膊走进宿舍大门，大兵立即招呼她们：“去看电影啊，《泰坦尼克号》！”韩冬冬一听，想都没想，“行啊！”

李春天犹豫了一下，疑惑地看着小宇，小宇才想起要向她们介绍一下他。“他是张浩，和邵平一个宿舍的，邵平有手术去不了了，他来转告我一声。”

“邵平不去，我陪你们去，我请客！”大兵不由分说，带头向外面走，韩冬冬一手拉着李春天，一手拉着小宇：“走啊，不看白不看！”

就这样，一个高高的男生，三个妙龄女孩子，一路走着，男生不时傻傻地笑笑，女孩们也强忍着笑。路上的人都奇怪地看着这样一个小队伍。

电影院里人还真不少，坐了三分之二的座位。小宇心里居惦记着邵平，还是有点生气。但是渐渐被电影情节吸引了，男女主角在客轮上的相遇、相爱，到最后的生死离别。当看到那个叫“Rose”的女主角抓着男主角的手，两人在冰冷的海水中作生死道别时，小宇被他们伟大的爱情打动了，泪水涌出眼眶。旁边递过来一方手帕，她顺手接过来擦眼泪，忽然意识到什么，抬头看时，看到大兵在注视着她。他这时没有笑，若有所思的样子。

回来的路上，几个人开始议论对电影的感受。韩冬冬说：“好羡慕啊，他们应该是一见钟情吧！我什么时候能有这样伟大的爱情呢？”

大兵说：“可惜是个悲剧，我要是有女朋友，我可不带她坐船，我也不会游泳。”

大家都被他逗笑了。

第十五章　不公平的竞争

小宇知道邵平专心于实习，但是女孩子的虚荣心在作祟，看着韩冬冬她们怪怪的眼神，她就觉得特别没面子。

所以，当邵平来找她的时候，她表现出很生气的样子。邵平也意识到自己有点忽略她了。一个周末，韩冬冬回家了，李春天想必也是和方明约会去了，胡秋月当然在忙着拍广告与谈恋爱。宿舍里没有别人，就只有小宇了。

邵平想了想，小声叫小宇："我的玫瑰花，不要生气了，好吗?"这个称呼是他们两个人的秘密，别人都不知道，好像它可以唤起女孩子心中的柔情，每当他这样叫她的时候，她的内心就充满了喜悦和被爱着的满足。

于是小宇的心就开始"怦怦"地跳得飞快了，脸上也飞来两朵红云。邵平向她伸出手，只见两张电影票捏在手中，《泰坦尼克号》几个字分外显眼。邵平大胆地拥抱了眼前这个欲语还羞的女孩子，她的唇，好像娇嫩的花瓣，在他轻吻的瞬间，绽放了。他在她的耳边轻轻念着："我的玫瑰花，我爱你。"

大兵却成了小宇赶不走的尾巴。她该去妇产科了，他也出现在妇产科。妇产科主任很热情地接待了他，谁知道这小子的老爸、爷爷和医院的领导有什么关系，居然他想上哪一个科室都可以。

妇产科主任是一个矮胖的阿姨，五十岁了，慈眉善目的，对大兵更不例外，马上给大兵安排了带教老师。碰巧的是，小宇的带教老师和大兵的带教老师是一同值班的护士和医生。科室为了便于管理，医生和护士的排班是同步的，这样，小宇几乎每天都要见到大兵。

最令人感到尴尬的是，妇产科的病人都是女人，特别是产妇，分娩的过程再无隐私可言。大兵偏偏提出要进产房参观学习，带教老师刘娜的脸先红了，她已经三十岁了，但是还没有结婚，显然大兵并不知道，他想老师都见怪不怪了吧，会同意让他进去的。

刘娜咳嗽了一声，像是清了清嗓子："张浩，你家那个诊所也不能给产妇接生，所以产房你不用去了，就学学简单的妇检、产前检查就可以了。"

遭到老师的拒绝，大兵有点沮丧，不情愿地笑笑，转身就走，却正撞上要进产房的小宇。刚才他们的一席话小宇都听进了耳朵，脸正红得像朵桃花似的，心慌意乱中就撞上了大兵，两人对视，小宇觉得气氛真是尴尬。

这个大兵虽然是个厚脸皮，但遇见小宇，却也不好意思地低头了，脸也红了。天啊，这可是第一次见到他脸红，小宇又忍不住想笑。

邵平还是热衷于外科，干脆妇产科、五官科的实习计划都自行取消了。当张浩回宿舍告诉他自己在妇产科实习时，他也没在意，还劝张浩："大兵，你家那个小诊所用不着学妇产科吧，好好学你的中医得了。"说着话也没停下手里的活，他为了练习外科手术缝合，居然买了块猪肉，在上面练习缝合。

旁边的方明也凑上来观看这位外科医生的手术表演。只见邵平戴着橡胶手套，右手持持针器，果断地将弯针扎进还挂着几根毛的猪皮。没想到这猪皮不比人皮，厚着呢，他用力地进针，却不见针尖从皮肤的另一面出来，看得张浩和方明哈哈大笑。邵平自己也禁不住笑了："看来还真是不一样，笑什么，再笑我拿你俩练！"

晚上睡觉前，张浩突然神秘兮兮地坐到邵平床边，拍拍邵平的肩膀，悄悄说："哥们，和你说点事儿！"邵平笑："什么事，这么神秘！"

张浩欲言又止，但还是说了："邵平，我觉得你和小宇不合适。实话告诉你吧，我喜欢小宇，我们来个公平竞争吧！"

邵平脸上的笑容凝固了，转而阴云密布："什么叫公平竞争，小宇现在是我的女朋友！"邵平倔强地抬起头，直视张浩，怒火像将要离弦的箭。

张浩表现得很温顺，但却不依不饶："我知道是你先追求她的，可是你们不是没结婚吗？那我就有追求她的权利！不过先对你说声抱歉了，再说你天天忙工作，都不理小宇，就是没有我，她也会被别人抢走的！”

他似乎还要说什么，但是发觉邵平的拳头已经紧紧地握起来了，就闭上了嘴巴，然后略显得意地转身回到自己的床上。

小宇并不知道这两个男孩子之间已经进行了一场谈判。因为邵平再次约她看电影，她不再生气了。而且，在黑暗的电影院里，他们的手拉在一起，她觉得好甜蜜。电影情节似乎已经不重要了，重要的是，有他在她的身边。

而大兵的突然出现，让她有点反感，却又无法对他生气。他的玩世不恭更多的时候让人感觉他像个顽皮的孩子，而他的直言不讳、搞笑搞怪，又常常引发一阵哄堂大笑。

有一次，小宇在病房给一个老年病人扎针，但是因为老人的血管经过长期穿刺已经淤青一片了，小宇最终还是以失败告终，老人正要发怒，一边来查体的大兵先说话了：“大爷，您都是我们的长辈了，对晚辈还要多多爱护啊，您这是为医学事业做贡献啊，我们谢谢您！”说得老头儿乐颠颠的：“没事，再扎一针吧！”

这次小宇没用斜视、白眼、不屑一顾的态度对待大兵，而是感激地看了他一眼。大兵则冲她挤挤眼睛，得意地笑了。

第十六章　冰雪大世界

北方冬天里一道特色的景观就是冰雪。冰灯、雪雕、冰雪组成的游乐园、滑雪场渐渐成为旅游胜地。

李春天老早就嚷着要去旅游景点“冰雪大世界”游玩一番，来自广州的她可从来没见过如此壮观的冰雪世界。她指着宣传册的图片，激动极了：“我要玩这个冰滑梯！”

方明看着她兴奋的样子便取笑她：“真是没见过大世面，没什么好玩的，我都玩够了！”

生在北方的他对冰雪如同柏油马路一样熟悉，当然不理解南方女孩子对冰雪的好奇与向往。

不过，去冰雪大世界还是成了他们周末的选择。除了四个女孩子、邵平、方明，另外也叫上了他们宿舍的老大哥刘立，胡秋月还带上了郑家诚。对了，还有“大兵”张浩，确切地说是他非赖着要一起来，甚至慷慨地说他请吃晚饭。

一行人浩浩荡荡地来到了郊外的冰雪大世界。远远就望见高耸入云的冰雪建筑，在夜幕中闪着五彩光芒。

“真美丽啊！”李春天惊叫着，车一停，她就迫不及待地跳下车，向冰雪大世界的入口快步走去。

邵平依然充当队长的角色，直奔售票口去买票。小宇抬头望向“冰雪大世界”，它其实是一个大大的公园，透过门口望见里面有各式各样的冰灯、雪雕。建筑群中有一座高高的欧式教堂风格全冰建筑十分显眼，外围都用彩色的灯装饰，有规律地闪烁着。

为防止走散，小宇她们在进门前商量好，兵分两路。张浩一听马上站到了小宇身边，而韩冬冬跟着邵平也走到小宇这边。于是胡秋月和郑家诚、刘立、李春天、方明五个人成了一队。

大家欢呼雀跃地跑进冰雪大世界。原本平常的冰雪在雕塑者的手下变成了一件件艺术品。十二生肖栩栩如生，童话里的人物白雪公主与七个小矮人，再看那长达五十米的巨型雪雕，是一条东方巨龙！

还有一座冰制的迷宫，冰墙高达两米，里面如同迷宫一样，有好多通道。游人众多，走来走去，不时传来阵阵笑声。

小宇她们几个也喜欢这样的游戏，于是四个人说好了，各自选择不同通道，在出口会合。

几分钟后，小宇走入一条死胡同，并在其中遇见了张浩。张浩大笑："我们真有缘分啊！"小宇瞪了她一眼转身往回走，没想到张浩一把拉住她，急急地说："小宇，别这么残酷好不好，我真的很喜欢你！"

小宇回头看看他，有点感动，也有点歉意。喜欢一个人有什么错呢？她对他这么冷淡是不是也伤害了他呢？

小宇戴着口罩，此时眼睫毛上挂了一层白霜，让她有点蒙眬的感觉，但此时她清楚地看到张浩眼中的失落。

她的歉意涌上心头，努力让自己平静："对不起，我喜欢的是邵平。"

"可是你会和他去新疆吗？"

小宇的心好像突然间少跳了半拍，有种要窒息的感觉。她没想那么远，或者说，她一直在逃避想这件事。从一开始，她和邵平就从来没有好好谈过这件事，邵平只是暗示过她，但是她总是不明确。

张浩的话说到她的痛处，她沉默了。

张浩看到小宇不悦的神情，有点自责，急忙说："对不起，我不是故意惹你生气的，好好想想吧，我可以让你更幸福的。"

然后，他就拉起她的手，向迷宫的另一个通道走。小宇回过神来，想挣脱他的手，可是张浩任凭她怎么用力，就是不松手。

两人推搡中，发现有人在"呵呵"地笑。抬头一看，才发现是韩冬冬站在他们面前。

韩冬冬今天穿了一件白色短羽绒服，头上戴红色的毛线帽，看上去很可爱，此时正幸灾乐祸地笑着。

小宇见韩冬冬笑她又羞又气，转而又向她发出求救的眼神，姐妹情深，韩冬冬的小嘴立即开启："张浩你干什么呢？欺负小宇一个弱女子是不？我看你是不想活了吧？"

说着，就上前冲着张浩的前胸击了一拳。张浩松开了拉着小宇的手，双手捂住胸口，做无辜状："刚才小宇摔了一跤，我扶她起来！"

小宇笑了，忽然想起邵平，就问韩冬冬："邵平你没看到吗？"

韩冬冬撅起小嘴："没有！"

于是三人一起走，五分钟后顺利到了出口。一看，邵平一个人正在那东张西望，看来他也是刚刚出来。

他看到小宇她们出来，就迎了过来："真好玩！我家那边可没有这样的景观！"

他兴奋的样子像极了南方那些没见过雪的学生看到雪花时的情景。

再向前走，就是有四层楼高的冰滑梯了。胡秋月她们一队人马也在那里，大家欢呼雀跃地走上台阶。在滑梯的最高处，有工作人员教授每个游客如何保护自己，他们帮助游客坐到一个塑料的滑板上，把绳子围到腰间．游客只需抓紧绳子，保持好平衡就可以了。

但是向下望去，还真让人有点晕。李春天先打了退堂鼓："这个太高了吧，太危险了，我还是不玩了！"说着就拉着方明要下台阶。方明拉住她："别怕，有我呢，我们坐一个滑板，我抱着你！"

大家哄笑："真是一对恩爱夫妻啊！"

李春天羞红了脸，经不住大家的劝说，只得战战兢兢地坐到了方明的腿上。方明抱住她，工作人员推了一下方明的后背，只听到一声惊叫，两人飞速向下滑去。

第十七章　年轻人的通宵

一行九人玩得忘记了时间，小宇看了一下表：“天啊，十一点了！”

大家都看看她，韩冬冬看小宇着急的样子，只是笑。

原来她们的宿舍大门在晚上十一点时就锁上了，敲门往往会换来开门阿姨的抱怨和白眼。

韩冬冬说：“要不咱不回去了，玩个通宵吧！”

但是深夜寒冷一点点渗透到身体，女孩子们开始瑟瑟发抖了。

“去我们宿舍吧，那儿没人管！”大兵张浩提议。

这倒是，职工宿舍管理十分松散，女孩子可以随便出入。

说去就去，一群人打了“的士”离开了冰雪大世界。

在宿舍附近的超市里买了一堆食物后，九个人蹑手蹑脚地上楼。他们的宿舍特别宽敞，大约30平方米的空间，即使是住六个人也足够了。不像小宇她们的宿舍居然是上下铺，八张床。

吃了东西后，大兵开始活跃起来。“咱们打牌吧！”

于是九个人全部上阵，两副扑克牌。

后来发现人多，总有人作弊。男生里是大兵和方明，女生里当然是韩冬冬。于是就分成了两组分别玩。一组是邵平、小宇、大兵和韩冬冬，另一组是胡秋月、郑家诚、方明和刘立。李春天花容倦怠，随便倒在一张床上就睡着了。

这时候打牌的乐趣已经不在打牌本身了。郑家诚和胡秋月一会儿相视而笑，一会儿拉拉手，摸摸头发。两人一伙，融合得十分默契，显然牌打得怎么样并不重要了，何况对手又是学财务的方明。头脑聪明的方明有记牌的本领，和刘立配合默契，遥遥领先了。

韩冬冬这个小姑娘此时露出真面目，当然她也从来不以淑女自称。此时，她眉飞色舞，本来坐在床沿，后来干脆盘腿坐在了邵平的单人床上。她对着前面的桌子，口中念念有词“三个 A”，那得意的神情看来是有一副好牌，胜券在握了。

她们这一组随机分伙，拿出四张扑克牌，两红两黑，抽到同一花色的就是一伙。韩冬冬一看自己和邵平一伙，开心地笑了，而大兵看到自己和小宇一伙脸上也是遮不住笑意。

邵平虽然做手术熟练，对打牌可并不在行，急得韩冬冬直催他：“快出牌啊!”

小宇感觉到大兵一直微笑地看着她，看得她浑身不自在。她也明显感觉到邵平看大兵的眼神充满着敌意。

大兵特别注意小宇怎么出牌，即使有时候小宇的牌不好，在大兵的带动与帮助下也能顺利过关，两人明显占了上风。

韩冬冬干着急，一脸沮丧地看着邵平：“哎，邵队长，你真是个好学生，肯定从不玩牌吧。”

邵平本来就心烦，运气又不好，手中的牌总是没有“带人的”，这时再听韩冬冬这么说气不打一处来：“不玩了，我累了!”

说罢，放下手中的牌。大兵假装看了一下表，打圆场：“唉呀，都三点了，再过一会儿天亮了，休息一下吧!”

于是两个女生一张床，两个男生一张床，凑合着睡了。

小宇其实睡不着，侧过身，望向邵平，却看不清他的脸。

后来实在是太累了，她也不知道什么时候睡着的。恍惚中还做了一个梦，梦见她们毕业了，邵平坐在回乡的火车上，向她挥手告别。她站在站台上，泪流满面。

醒的时候，发现自己真的在流泪。她慌忙擦去眼角的泪，发现自己还是第一个醒来的人。

还好今天是星期天，不用去医院。但是头脑昏昏沉沉的，一看表是六点钟，她悄悄叫醒韩冬冬，再一看李春天也坐起来了，正坐在床边发呆。大概是想着自己怎么会在男生宿舍过夜而暗自羞愧吧，四个女孩子选择早点儿离开。毕竟让其他房间的男生看到有几个女孩子出入，总是不好的。

而她们回到宿舍时，外面的大门刚好打开。走廊里有打扫卫生的阿姨在忙碌，并不抬头看她们。

四个人回到房间后长舒了一口气，好像逃过了追捕一样。

然后，各自回到自己的床上继续睡觉。

第十八章　谈判

周一的时候，小宇和韩冬冬去了呼吸内科报到。再有一个月时间就放寒假了，呼吸内科是上学期她们实习的最后一个科室。

她们都很喜欢实习生活，没有学校里的讲课、考试，在时间上也比较自由。医院里常常是下午两点钟集中查一下病房，测生命体征就行了，然后护士站里实习生们就开始聊天，开玩笑。

第一天报到后，发现不只她们学校的学生这天轮换科室，别的学校也有。大家走的科室多了，即使不认识也混得脸熟了，这不，那两个女孩子向小宇她们点头微笑呢！韩冬冬在小宇耳边说："怎么是她们两个，咱们在儿科和产科时就遇见她们了，特别懒。"

实习生之间的关系也很微妙，不同学校之间似乎也存在着敌意，可能是排外心理，或竞争的因素在里面吧。实习的医院通常都会在实习院校的毕业生中选择优秀的学生留在医院里，每个学校会给一定的名额。而每个学校每一届学生整体素质都不一样，据韩冬冬的小道消息说，医院护理部主任曾对她们学校的教务处长说今年这批学生的整体素质不错，名额上可能会优先考虑。

中午休息时，小宇和韩冬冬去了医院附近的"星星"冷面馆吃饭，这家朝鲜族面馆生意特别火，天天都是爆满。吃完了冷面，嘴角上还沾着红色的辣椒酱，韩冬冬十分享受地咂嘴巴："好好吃啊！"

她们两个算是这半年来最亲密的一对朋友了，韩冬冬说李春天和胡秋月都是"重色轻友"，小宇还算够朋友。

其实小宇对韩冬冬也有种莫名的歉意。她知道韩冬冬是喜欢邵平的，而自己和邵平好了，其实是打碎了韩冬冬的梦。

她有时甚至想，退出吧，反正你也没想跟邵平去新疆，为什么要继续？

但是感情还是战胜了理智，爱情来了，她没有理由也不想拒绝。

但是最近她觉得自己有点心神不宁，总觉得要发生什么事情。

两个女孩子在医院的绿化园里逛着，韩冬冬忽然说起了毕业的事，她试探性地问小宇："你想留下吗？"

这对小宇来说真是个难题，她不敢正视韩冬冬的目光："我，问问家里再说吧！"

韩冬冬却不依不饶："小宇，我说真话你别生气，你要是不能和邵平去新疆的话就趁早和他分手，要不时间越久对大家的伤害就越大。"

小宇没料到韩冬冬会说这样的话，而且一反她平时的说笑风格，用了很严肃的口气，听上去似乎对自己很有成见。

小宇皱了皱眉头："这是我们两个人的事，我知道该怎么办！"她有点生气了。

"这件事不只是你们两个人的事，和我也有关系，我就是喜欢邵平，我愿意和他去任何地方。如果最后你还是要和他分手，那对他是不公平的，对我也是不公平的！"

韩冬冬的情绪一下子变得很激动，小宇看到她的眼睛中有泪花闪烁。

两个人第一次吵架。小宇的心一阵刺痛，眼泪也涌出眼眶："你怎么知道我不能和邵平去新疆！"

说这话的时候其实她还是心虚的，但是韩冬冬的怀疑与质问激怒了她，她甚至决定，毕业了一定要和邵平在一起！

"你就是不会去的！"韩冬冬扔下一句话，转身飞快地走了。

小宇坐在树下的长椅上，心情久久不能平静。中午，经常有实习生们出来在公园式的院区里散步，一些坐着轮椅的病人被护士或是家属推出来散心。平日时，这也是一道风景，但在今天，小宇觉得这些人都在窥视自己，好像看穿了她的心事，看到她心里的挣扎与痛苦。她终于知道，陪伴爱情的，不仅仅是快乐。

小宇痛苦地发现友情正在一点点走远，她们再也回不到从前了。

第十九章　我先走了

寒假快到了，这几天晚上宿舍的电话都多了起来，一半儿是找李春天的。一开始她以为是方明，但是听到了对方的讲话后，她的神情有了些变化，笑容没有了，变得慌张起来。她压低声音说；“我马上要放假了，见了面再谈吧。”

挂上电话，坐在床边若有所思。韩冬冬故意问:“是谁啊?”

其实大家都知道，是广州的那个高中同学，也就是李春天原来的男朋友。想必他还不知道李春天已经投进别人的怀抱了，还苦苦地等着她回家呢。

第二天晚上电话又响起来。接起电话，李春天静静地听着，忽然，她皱起了眉头，脸上的肌肉抖动着，竟“嘤嘤”地哭了起来。

大家都莫名其妙地看着她，以为她男朋友说了什么难听的话。李春天挂断电话后，哭看对韩冬冬和小宇说：“我要提前回家了，我妈妈病了。”

“得了什么病？严重吗?”小宇最理解她的痛苦，急忙追问。

“是肾病，情况不好，我听我爸的声音就知道了。”李春天不再说话，默默地开始收拾东西。

这时候是十二月三十号，离放假还有半个月。邵平知道了李春天要请假回家，也没多说什么，他和方明，还有韩冬冬、小宇，一起把李春天送到了火车站。

李春天见了方明就扑到他怀里，放声大哭。

“没事儿，你妈妈不会有事的，有病就治病嘛!”方明轻拍她的肩膀，安慰着她。

“等我回来!”隔着车窗，李春天对着校友和男朋友，破涕为笑。

但是，她想也没想到的是，她最终没能回来。

在广州市第一人民医院的病房里，她看到妈妈虚弱地躺在病床上，此时，她正在做血液透析治疗。肾病是隐形杀手，李春天的妈妈一开始只是觉得自己特别容易疲劳，早上起来眼睛略肿，她以为是自己工作太累，没休息好的缘故。可是当她在医院检查后，医生告诉她，她的肾功能已经严重损害，初步诊断是尿毒症早期。

住院时她就告诉丈夫先别告诉女儿，自己住几天院就好了。可是她并没有那么幸运，住院一个月，没有效果，开始全身水肿，医院决定为她做血液透析。

李春天的父亲给女儿打了电话，他想还是应该告诉女儿，他害怕妻子万一有个意外，女儿连妈妈最后一面都见不到，当然，这是最坏的打算，往好处想，妻子天天见到女儿，会有信心接受治疗。这一个月里，他眼睁睁看着妻子的情绪越来越低落，经常发脾气，他理解，更加着急，恨不得换成自己得病。

李春天心疼地看着妈妈，妈妈看着女儿，露出了笑容，而李春天却笑不出来。

李春天一直是幸福的。没有遇到什么波折，父母恩恩爱爱，对她如掌上明珠一样疼爱有加。然而今天，她觉得自己是不幸的，这种痛苦从来没有过，如今突然来了，让她觉得整个天空都是一片灰暗。

第二天早晨，她带着保温瓶，往医院赶。幸好她家离人民医院十分近。父亲昨晚说什么也不让她在医院陪护，说她刚下火车太累了，回家休息吧。

离开家快四年了，广州的街道现在对她来说有点陌生了，许多地方发生了变化，多了许多楼房，店面。

此时的她忧心忡忡，无暇顾及街道旁边的变化，冷不防一个人站在她面前挡住她的去路，她险些撞到那人身上。

“春天，是我。”眼前这个高个子男生长得十分英俊，身材魁梧得像个运动员。没错，他就是李春天高中时的男朋友丁磊，如今已经体校毕业在广州一家中学当体育老师，难怪有如此身材。

李春天愣住了，他们已经有一年没见面了，上次国庆节回来她故意告诉他说她不回家。虽然一年里他总是给她打电话，但她其实很清楚自己对他无话可说了，分手两个字一直想说却说不出口，移情别恋总是一件不光彩的事。

她想着，还是让他先说吧。没准在他教书的学校里，有好多年轻漂亮的女老师，他会喜欢上哪一个也说不定呢。

可是，丁磊从来没说起过哪个女老师，一个劲儿地追问她什么时候回家。

他当然知道李春天是要去医院。这一个月里，他和李春天的爸爸一起在医院轮流照顾李春天的妈妈，两位老人私下里已经把他当成了准女婿了。

李春天从爸爸口中知道了这事儿，此时，她感到十分内疚。不好意思地笑着说："这些天，辛苦你了，帮我照顾我妈妈。"

"没什么，应该的。"丁磊也不好意思地挠挠头发。他朝思暮想的女孩子终于回来了，但是却是在这样的情形下，看到她红肿的眼睛，他的心里酸酸的。他好想对她说："别怕，有我在呢！"

可是，再笨也感觉到她的声音里有些慌乱，犹豫，失去了往日的活泼与热情。他不想问为什么，他想，她会回家。

第二十章　回到家乡

邵平告诉小宇寒假他不回家了，一是路远，二是反正再有几个月就毕业回家了。寒假里医院实习生都回家了，反而是学习的好机会。

小宇心想他将来一定是个优秀的医生，她温柔的目光里又多了些敬佩。

“明天我送你去火车站。”邵平被小宇看得有些不好意思了。

小宇想了想，“要不，你和我去我家看看吧！”她在和父母说了她和邵平的事后，本来父母是不赞同的，都以为她要和邵平去新疆。后来小宇一再保证不去新疆，争取让邵平留在北方，两位家长才勉强同意。

这给了邵平一个惊喜，进而紧张起来：“你父母都知道我们的事了，他们怎么说的？是不是不赞成啊？”

“那倒没有，不过也没同意，就看你给他们的印象怎么样了！”小宇调皮地冲他做了个鬼脸。

六个小时的火车对他们来说并不漫长，两个人在座位上依偎着，说着悄悄话，渐渐话题就转到了毕业去向上。

其实这是两个人都不愿碰的危险区域。但是，现在应该是谁能说服谁的时候了。

“邵平，能不能不回新疆，我们实习的这家医院条件多好啊，你的才华在这里才能得到施展。”小宇想在这场辩论中占主动地位。

邵平的眼神马上黯淡下来，他看着小宇，像看一个陌生人：“原来你并不了解我，医生就一定要在大医院里吗？真正缺少医生的是那些偏远地区啊！”

“我，知道，可是，我想和你在一起啊，我不能离开我父母跑那么远的地方，你可以把父母都接过来。”小宇继续努力着。

邵平的目光飘向窗外，远处是飞驰而过的树林，一望无垠的白雪。这对他来说完全是陌生的世界，可是，却是他爱的女孩儿热爱的故土。故乡永远是最好的，他又怎么能让父母离开家乡？

从一开始他们就应该想到这个实际的问题，他不是没想过，只是天真地认为，女孩子就是要“嫁鸡随鸡”，小宇应该跟着他回新疆。

可是事情并不像他想象的那样。小宇一开始也以为自己愿意和邵平回新疆，可是随着毕业的临近，她越来越觉得自己离不开家人，离不开这。

“先别说这些了，没准你爸妈不喜欢我呢！”邵平不想再继续这样艰难地谈判了。他拥住小宇，闭上眼睛。

小宇的家在一座北方小镇上，虽说是小镇，却是宽敞的水泥街道，两旁的楼房颇有特色，整个一现代化的小城镇。坐在出租车里，小宇十分自豪，“你知道吗，我们这里是全国标准小城镇示范区呢！”

没等邵平说话，前面的司机笑了：“是啊，国家领导人都来视察了，要把我们这里建成农业特区！”

邵平微微一笑，他在想着心事。

刚刚下了雪，马路上的人们正在除雪，车子驶得就慢了些。不过这个小镇不大，五分钟后，小宇说：“到了，前面那个路口停就可以了。”

这是一排平房，但是不像大城市里的矮小的房子，十分高大，石棉瓦，红砖墙，铁皮门，塑钢窗，房前屋后都是菜园，好像郊区的别墅。难怪小宇说起时一脸的幸福表情。

她的家门前就是一条宽敞的街道，此时，在她家院子里，一个穿红色羽绒服的短发女孩子正在踢毽子。她踢几下就停下来向路的这边张望。

忽然，她扔下毽子，跑了过来。“姐！”

小宇刚刚从车上下来，看到妹妹夏小枫高兴的样子，也迎了上去，姐妹二人拥抱在一起。

“这是我妹妹夏小枫！”小宇转身对邵平说。

邵平冲夏小枫笑，略带拘谨。

“我知道，你就是我姐的男朋友邵平吧！叫你邵哥吧！”夏小枫不等姐姐介绍，主动打起了招呼。

三人向家里走去。

小宇的父母虽然已经弃农从商，但是还保留着农民的简朴。家里的陈设很普通，那个镶一面长镜的大衣柜还是最古老的样式，一张半新的写字台，只有沙发和电视是新的。

小宇的父亲个子很高，略瘦，肤色黝黑，看上去很严肃。母亲微微发福，皮肤白皙，面带笑容。

他们上下打量着邵平，眼前这个个子不高的男孩子似乎很紧张，两只手一会儿握在一起，一会儿背到身后。

“快坐下歇歇，累了吧？”小宇的母亲忙招呼他，“家在新疆什么地方？”

“哈密。”邵平深呼吸后作答。

夏小枫打趣：“那下次来给我带几个哈密瓜啊！”

大家都笑了，气氛变得轻松起来。

小宇的父亲午饭后单独和邵平做了一次深谈。

“小伙子，想过将来毕业去向吗？”他开门见山。

“我是想回家乡的，那太缺少医生了。”邵平如实回答。

“那我女儿怎么办？和你一起去？我们可不想让她去那么偏远的地方吃苦。”小宇的父亲把手中的香烟狠狠吸了一口，然后直直地望着邵平。

“直说了吧，要么你留下来；要么，和她分手。”这是他的裁决。

邵平辩解：“我不会让她吃苦的，我们家有好多牛羊，生活条件也不错的。”

但是新疆对小宇的父亲这个北方农民来说那是一片不毛之地，哪像他们这，有肥沃的土坯，有吃不完的粮食，他不相信邵平的话。

“我肯定是要回家乡的。”邵平叹了口气，眼泪几乎要涌出来。“您有两个女儿，小枫可以留在你们身边啊，可是我爸妈只有我一个儿子。”

第二十一章　春天不再来

虽然李春天赶回家照顾病中的妈妈，但是她的孝心没能感动上天，一月二十号的晚上，这位年仅 45 岁的母亲告别了人世。

她挣扎着握住女儿和丈夫的手，又望向他们身后的丁磊，示意他过来。她看看女儿，又看看丁磊，笑了。

李春天只是哭泣，她难以接受这样残酷的事实，她以为母亲会好起来的。

一个不再完整的家庭，两颗伤痛的心。李春天的爸爸一夜间苍老了许多，就要过春节了，本来想着女儿回来了，一家团圆了，却发生了这样的事。

他们是同一所中学的教师，她其实是他的学生，他教语文，她是语文课代表。他最喜欢读她的作文，每次作文课上都当做范文来读。而她也喜欢这个博学多识的老师，毕业时毫不犹豫地报考了师专然后回母校成了他的同事。

他们的爱情被学生们传为佳话，婚后两人恩恩爱爱，女儿是在立春那天出生的，所以取名叫春天，这个名字更有“希望、青春”的寓意。

春节到了，春天也要来了。李春天却感觉自己的人生再也没有春天了。

除夕夜，窗外鞭炮声一阵接一阵，李春天独自一人走到院子里。父亲带着她到奶奶家过年了，两个姑姑也过来了。但是亲人们的安慰依然无法让她释然，她只是努力让自己不再流泪。

可是这个时候，关于母亲的记忆随着鞭炮声涌入脑海中。每年的除夕夜，都是她最开心的时候。母亲有着厨师级的烹饪手艺，一大家人聚餐时，她总是大厨。李春天和表姐、表哥们玩一会儿，就悄悄溜进厨房，看妈妈正在做什么好吃的。那个时候一家人会把最好吃的东西都留到春节吃，初一到十五，每天都是丰盛的饭菜。

妈妈看着女儿津津有味地吃着刚煮熟的鸡翅，故意用责怪的口气说：“和你爸一个样儿，嘴馋！以后老婆婆不骂你才怪！”

李春天就搂住妈妈的脖子，差不多整个人都挂在妈妈身上，开始撒娇：“妈，我不嫁人，永远和你在一起。”

十五还没过，李春天却想离家返回实习医院了。

她和爸爸在奶奶家一直住到初五，后来在她的再三央求下，爸爸带着她回家住了。因为她真的想安静一下。

初十的早晨，她蒙眬中听到爸爸的声音，她住的小屋窗帘拉得很严。她一把摸过闹钟，借着微弱的光线看清是早上八点了，她睁开眼睛，爸爸的声音不大，但是却很清晰。

“大姐，现在说这事儿太早了吧，慧芳才走，我还没想这些事呢!”他低落的情绪里透出些不耐烦。

“好吧，以后再说吧!”电话挂掉。

然后是一声沉重的叹息。

李春天忽然觉得怒火中烧，她想立即冲出去问父亲这是怎么回事，妈妈刚走你就要续弦了吗？是大姑，她一直像个家长一样管着自己的小弟，总以为他一直没长大，需要她们的关怀。李春天出生后，她总和奶奶叨唠说怎么不是个男孩，然后就劝着李春天的父亲要二胎。要不是后来李春天的妈妈身体变得很虚弱，恐怕李春天就要有N个妹妹或一个弟弟了。

最终李春天没有冲出去。因为她知道父亲现在和她一样，还在失去亲人的痛苦中不能走出来，怎么有心情谈续弦的事呢？

其实他也挺可怜的，李春天的眼泪又涌了出来。她打开台灯，从抽屉里拿出一本稿纸，握一支钢笔，思索了一会儿，开始写了起来。

“爸，我知道你和我一样想念妈妈，可是她再也回不来了，如果她在另一个世界里能看到我们，那我们就好好地生活吧。我马上就毕业了，就能工作挣钱了。女儿知道你们的辛苦，以后我要好好孝顺您。我要回去实习了，您一个人在家照顾好自己。春天”

李春天把信平放在自己的书桌上，她知道父亲会看到的。

李春天从母亲走了就没有再笑过。在和父亲告别的时候，她想了想，忽然对父亲说："爸，你再给我找个后妈我也不反对，就是别找年龄太小的就行。"

说完她故意调皮地笑了，留给父亲一个微笑。她的父亲愣住了，十秒钟后也笑了，却是一丝苦笑。

第二十二章　对不起

邵平晚上找了家旅店住。他告别的时候，笑容有些无奈，小宇猜到了什么。

北方隆冬的夜晚，小镇更是一片安静。雪花不知什么时候开始飘落，小宇和邵平走在去旅店的路上，两人挽着胳膊，但是都不说话。

"我爸和你说什么了？"小宇终于忍不住问。

邵平的脸抽动了一下，觉得喉咙里像梗住了什么。他要不要告诉小宇呢？如果她也希望自己留下来？

可是，他不可能留下来的。

那么，他们之间岂不是走到了尽头？

良久的沉默后，他停下脚步，双手放在小宇的双肩，直视她的眼睛："小宇，你愿意和我回新疆吗？"

小宇的目光立即躲闪开来，心跳加快，而且有一丝痛立即弥漫到整个心房。

她张不开口，她不能说话。眼泪不争气地流了下来。

"你不愿意，是吗？"邵平的眼睛也湿润了，不知是雪花掉进了眼睛，还是别的什么。

"如果这样，为什么不拒绝我，为什么还要开始？"

是啊，如果明知道最后的结局是分离，为什么还要开始一份没有结果的爱情？是曾经拥有就足够了，不在乎天长地久？

小宇还是不说话，她的心里在进行着激烈的思想斗争。她看到邵平愤怒与痛苦，她几乎就要脱口而出："我跟你走！"

可是，心里有另一个声音："那样你的爸爸妈妈不会原谅你的！"

最终，她深呼吸一下，一字一句地说："对不起。"

然后，转身向家的方向走去。

邵平呆呆地站在原地，好久。他抬头仰望夜空，发现星星很亮，银河的两边，牛郎织女在隔河相望。

“啊——”他大喊一声，跑开了。

小宇回到家，推开门，神情恍惚也不看正坐在沙发上的父母，向着卧室的方向走去。

“小宇，等会儿！”爸爸叫住她。

小宇却并没有停下脚步，气呼呼地说了句：“我和他分手了，你们满意了吧！”然后继续往前走。

“你这是什么态度，我们还不是为了你好！”母亲也有点生气了。

小屋里，夏小枫正趴在床上竖着耳朵听客厅里的对话，冷不防小宇推门进来，吓得她身体一晃。小宇看了夏小枫一眼，趴到床上，把自己埋进被子，“嘤嘤”地哭泣。

“姐，你别着急，慢慢来。”夏小枫心疼地劝慰着姐姐。

小宇停止哭泣的时候，已经是一个小时以后，两姐妹开始倾心交谈。

“你和他分手了？毕业时候再说也不迟啊，你真傻！”夏小枫埋怨着姐姐的冲动。

接着她开始为姐姐出谋划策。根据她的计划，应该是在毕业前的这段时间里，说服父母。

“我可以帮你啊，爸妈有咱们两个女儿呢，我在他们身边不就行了！”夏小枫调皮地笑笑。

小宇还是一连两天都没有和父母说话，吃饭时气氛很是沉闷。

幸好有夏小枫在中间调节气氛，要不这个春节一家人恐怕就要在闷闷不乐中度过了。

夏小枫先是私下里和爸妈说她会永远在爸妈身边的，像往常一样她撒娇地用胳膊围住妈妈的脖子，把头靠在妈妈的肩膀上，甚至亲一下妈妈的脸。

妈妈笑了，语气也变得温柔：“其实我们也是为了你姐好，新疆啊，我们一家人团聚可就困难了。我从前的小姐妹，嫁到四川去，五年才回家一次。”

“妈，现在不比以前，交通这么发达，坐飞机很快的。”夏小枫极力地说服着父母。

她的爸爸开口了："我看那小子脾气挺倔，都是小孩子，这么早谈恋爱干吗！你姐跟他也不一定幸福。"

小宇从外面推门进来，她不愿待在家里，宁愿去外面闲逛。她看到家人都看着她，眼神中有同情，有爱怜，有责备，有无奈。

"小宇，你毕业的时候再做最后的决定吧，如果你们那时候还是相爱得不能分开，那我们也没办法。"小宇的父亲叹了口气，做了妥协。

第二十三章　打碎的东西

实习生活在二月末继续，新的生活开始了，新的科室，新的带教老师，新的知识。

李春天当然是第一个回来的，在临上火车时，她对着深情的丁磊说了一句："我们分手吧!"

丁磊先是疑惑，接着满眼忧伤就涌了出来。他没说什么，却跑到车门口，跳上了火车。当他穿过拥挤的人群，站到李春天面前时，李春天低下头去。

他们没有说话。直到火车驶过了山海关。李春天对面有了个空座位，丁磊坐了下来。他看着李春天躲闪的目光，问："为什么?"

李春天不知道如何回答。说自己变心了吗？丁磊一心一意地对她，而她，却爱上了别人。

真相一定是要大白的，她已经告诉了方明她明天早上到站，方明是会来接她的，那时候会是怎样的情景?

还是坦白些吧。李春天的声音本来就细弱，现在听起来更是有气无力："我爱上了别人，他在那个医院工作。"

李春天的话给了丁磊迎头一击，让他一时间思维有些混乱。他像是在自言自语："怎么会呢？我们是彼此相爱的啊?"

两人再没有说话。

到站的时候是早上，北方的天空还没有放亮，出站口外，接站的人并不多，方明正在焦急地向站内张望。他穿着一件蓝色的中款羽绒服，但是还是直跺脚，天气真是太冷了。

他并不知道他要接的并不只是他的女朋友，还有另外一个人。

所以当他看到李春天和一个男孩子一同走出来的时候，他皱了皱眉头。

李春天就对丁磊说："他是方明。"还没等她再说什么，丁磊接过了话。

“我是她广州的男朋友。”然后他向方明伸出手。

方明愣住了，李春天则急得要哭了，她恨恨地看了丁磊一眼，径自向前走去。

他们一路上谁都没有说话。直到送李春天到宿舍，两人一起走出来，走进附近一家小饭店。

酒，是白酒。方明没有想到，眼前这个南方小伙子竟然像个北方汉子，酒量不小。

“这是怎么回事，李春天可没说她有男朋友啊？”方明先说了。

“她没告诉你是她的事，现在你知道了吧，所以你把她还给我。”丁磊的语气毋庸置疑。

方明长他两岁，觉得眼前这个丁磊有点孩子气。

“她选择谁是她的权利啊，她如果说愿意回到你身边那我绝不会阻拦的。”

丁磊看了方明一眼，看到了对方稳操胜券的样子，心里的妒忌之火已经燃烧起来了。

但是，他还是极力克制着自己的情绪，做着最后的努力：“可是你知道吗？李春天的妈妈去世了，她毕业了肯定要回家和她爸在一起的。”

方明早已经从李春天的电话中得知她妈妈去世的消息。但是他并不觉得李春天就一定要回家。

“我们可以把她爸接过来。”方明甚至笑了，为丁磊这个并不高明的理由。

当小宇拖着行李箱进来的时候，看见李春天正在宿舍的窗户前发呆。

“春天，你什么时候回来的？”她向李春天打招呼。

李春天转过身，眼里的悲伤已经显露无遗，她无法笑着回答小宇，勉强笑都不行。她没有开口，眼泪就已经流了下来，现在，她太需要有个人安慰了。

小宇似乎猜到了什么，但是她不知道还有更复杂而棘手的事情。

“什么，你那个男朋友来了?”她惊奇地看着李春天。她们其实知道李春天高中有个男友，但是没想到两个人一直没断。

两个女孩子想了想，生怕两个男人在一起闹出什么事来，立即打了方明的手机。

随后她们来到那个小饭店，看到方明和丁磊已经喝高了，居然相谈甚欢。

“哥们，就听你的，咱们公平竞争，走着瞧!”丁磊拍拍方明的肩膀，站起来拉过一把椅子，示意李春天坐在他身边。

李春天犯了难，小宇见状，立即坐了过去，并笑着对丁磊打招呼:“嗨，我叫小宇，是李春天的校友。”

李春天慢慢坐到了方明旁边，但是十分不自在。

方明显然也是有点委屈的，他看了李春天一眼，苦笑了一下，独自拿起酒杯，继续喝。

“别喝了!”李春天抢他手中的杯子，争执中，杯子摔在了地上。玻璃碎裂的声音似乎打碎了每个人心里的什么东西，四个人都不说话了。

第二十四章　你是我的初恋

丁磊虽然是个勇敢的热血青年，但还是要回到现实的。他和李春天、方明他们深谈了两次后，就踏上了返乡的列车，学校要开学了，他得回去上课。

体育课不同于其他课，学生们都很放松，丁磊看着这些年轻的面孔，就想起自己和李春天的高中时代。他们在高中二年级分文理科时被分到了一个班，而且做了同桌，一坐就是两年。他还记得李春天在书桌里发现他写给她的情书时的样子，两片红霞飞上她的双颊，她紧张地左右看看，却看见他坏坏地冲她笑。

她只收到他的情书，然后他顺理成章地成为她的初恋。李春天是个文静、秀气的女孩子，按理说追求她的人不少，她当然不会知道，偷偷塞到她书桌里的情书，都被丁磊悉数收起并悄悄退还追求者。为此，他每天第一个来到教室，晚上则是最后一个离开。不知情的人以为他是拼命三郎，高考结束后，大家还奇怪平时那么努力的他成绩怎么那么差。

这堂课他安排了学生分组练排球，而他独自一人在操场边踱起了步子，当他再一次回忆起这些事情的时候，轻轻地叹了口气。毕竟，他不能永远守护在李春天旁边，距离产生美，那是对于刚刚结识的人，而对于他们，却是拉开了彼此的心。新的环境，新的人，新的诱惑，谁会知道每个人的思想不会有新的变化呢？李春天像是在笼子里关了好久的鸟儿，如今有了更广阔的天空，当然是忘记了曾经的小窝了。

他努力说服自己理解李春天。他在想，李春天只是一时冲动，寂寞得想找个伴而已，等她毕业了，回家了，自然而然就会离开那个也要回家的伴儿了。只有他，才是她最好也是最终的归宿。

带着这样的判断，他的心慢慢平静下来。

而李春天此时正受着痛苦的煎熬。方明虽然口上说不介意丁磊的出现，但是脸上的失落却瞒不过李春天的眼睛。

尽管李春天知道自己理亏，但女孩子的自尊心让她无法主动求和。如果他真的爱自己，就应该包容自己。

倒是对丁磊，她的愧疚感比从前更加强烈了。高中时代的美好记忆不时浮现在她的眼前。和丁磊做了同桌后，少女的心就像被一阵春风吹得水波荡漾。她最喜欢看他和同学们踢足球时奔跑的样子。那时候，女孩子们三三两两地聊天，她往往三心二意地敷衍着，心早就飞到了远处的操场上。

足球常常会飞出场外，滚到女孩子们中间，她们怀疑那些男生是不是故意的。调皮的女孩会使劲把球踢回去，李春天偶尔也会踢一下。

收到丁磊的情书，她心里有惊喜，有激动，更有羞涩，紧张。她故意瞪了他一眼，迅速把那个信封塞进书包。

等到下课的铃声一响，她就飞快地收拾好书包回家。回到家躲在小屋里急切地打开信封，拆信的时候手一直在抖。其实早在上初中时她就收到过情书，不过那时的懵懂和现在的心动完全不一样。

丁磊的字写得不错，原以为喜欢体育的男生都不爱写字当然也写不好的。丁磊却是个例外，四肢发达，但是人家头脑却不简单。

这封信是这样写的：

“李春天：你好，我想我喜欢上你了，从见到你的第一天开始。你是我第一个喜欢的女孩子，我们不能让青春虚度啊，做我的女朋友吧。不管你同不同意，就从明天开始了。丁磊”

天啊，他怎么可以这么霸道？李春天心里有点生气，却禁不住笑了，她可真没收到过这样的情书。

第二天两人心照不宣，李春天来得很早，而她发现丁磊更早，教室里只有他们两个人。

“李春天，我喜欢你。”丁磊在李春天落座后就这样说了一句。然后他四处看了一下，确认窗外也没有学生走过，目光如炬地看着李春天。

李春天却生气地说：“你也太自以为是了吧。”然后，把那封信扔到他桌上，不再看他。

当然之后就是丁磊的求饶与讨好满足了小女生的虚荣心，在被宠爱的甜蜜中她欣然接受这份真挚而热情的情感。

第二十五章　手术室里

小宇和韩冬冬来到了手术室。

带教教师汪华是个漂亮的护士，干活利落。在手术室里，凡是涉及无菌技术，护士就是权威，要是哪个医生没按要求洗手，或是帽子没戴好，露出了头发，护士可以要求其重新洗手，戴好了再进手术室。

经常挨训的当然还是这些实习生们，小宇今天跟汪华上一个胃大切手术，小宇发现大兵（张浩）居然来了。尽管戴着帽子、口罩，但是他们彼此都太熟悉了，一眼就认出了对方。

大兵热情地打招呼："嗨！我现在在普外科呢！"

"手术室里不要多说话！"汪华对这个笑眯眯的男生十分反感，瞧他看自己学生那眼神，臭小子，谈恋爱也要分场合嘛！

小宇想老师可能是误会了。她低头摆弄器械，心思马上就回到手术中，今天可是第一次参加手术。听先来过手术室的李春天说，有的医生很凶的，器械递错了，就一把扔回来，扔到器械盘里，甚至干脆敲打护士的手。

她不知道李春天说的那个医生就是今天的主刀医生，不过他今天心情似乎不错，甚至和护士们聊起天来。他问汪华："你又带新学生了？"

汪华好像不太爱理这位医生："是啊，学生多着呢！"

这位医生叫张飞，大家一听到他的名字都先笑一阵儿，都会想到《三国演义》里的张飞。当然此张飞非彼张飞，就其身材反而更像《水浒》里的武大郎，五短身材，微微发福。若不是鼻梁上还架着一副黑色边框的眼镜，很难让人相信他是一名医生而不是屠户或是大厨。

但是这个张飞却不是普通的医生呢，三十出头就凭着高超的外科手术技艺，在患者中树立了极好的口碑，并做了普外科的副主任。

张飞个子矮小，为此，手术室有他专用的脚踏板，明显比普通的高了一截，站在上面，他刚好够得着手术切口。汪华示意小宇放脚踏板时，小宇还奇怪为什么这个脚踏板和别的不一样，而且一定要放在主刀的位置。看到了张飞医生，她立即就明白了，然后心里就想笑。

张飞看了一眼小宇，好像发现她的心事似的，语气十分严厉："那个同学，你过来一下。"

小宇害怕地、求助地望向带教老师汪华。汪华已经穿好了手术衣在准备器械呢，就点点头示意她按张医生的意思过去一下。

等小宇走到了张飞身边，张飞说："别动！"然后，他慢慢地把头斜靠在她的肩膀上，轻轻地摩擦了两下，然后抬头，站到了那张高高的脚踏板上。

张医生想必是头部某一处突然感觉奇痒，就用这样的办法去痒。借用一下肩膀，不是小宇，也可能是任何一个实习生，或是护士，甚至医生。

但没有过这中经历的小宇，此刻心情却十分复杂。她感觉到一种伤害，毕竟是一个姑娘啊，有哪个男人如此近距离地接触过自己呢？把头靠在了自己的肩膀上，这二十多年，恐怕只有父亲和邵平。隔着棉质地的隔离衣，她感觉到了那头颅的温度与重量，是的，重量，不仅是压在她的肩膀上，更压在了她的心里。

她越想越觉得受伤害。因为是第一天来手术室，汪华只让她穿了隔离衣在手术台边观摩，并趁着空闲给她讲解这类手术必需的器械，以及手术进展到什么时候要准备什么样的针和线等相关知识。

而小宇注意力却有些分散了，总觉得自己左侧的肩膀和从前不一样了，她甚至想今天回去要好好洗个澡。

手术结束后，汪华教小宇整理器械包，像是聊天似地说："小宇，你是刚来手术室，或者说刚来医院，医院就是一个小社会，以后你遇到的事多了，别太在意。"

小宇似懂非懂地点了点头。

后来当然就知道许多事情了。比如手术开始前等待麻醉的医生们会聊天，特别是男医生，有时会说些黄段子，而护士们早已见怪不怪。又比如手术室的护士长对各科室的主任会略热情，而对一些进修医生，或是实习生却很凶。再比如手术后的吃请，有一次，小宇也和汪华一起去吃了顿大餐。

一天晚上，小宇和带教老师汪华一同值夜班。本来是不要求实习生跟值夜班的，但是小宇想多练习些。当然，她也是不想回到宿舍，如今，宿舍里的气氛十分压抑，李春天常常暗自落泪不说，胡秋月突然回来住了，还一副冷若冰霜的样子。韩冬冬一个人似乎也制造不出热烈的气氛了。

晚上十一点钟的时候，普外科来了一个急诊阑尾切除手术，当医生们一个个进来时，小宇看到了邵平。这是回医院实习后第一次见到他。自从上次一起陪李春天、方明、丁磊吃那顿难以下咽的晚餐，他们就没有再见面。

邵平更瘦了，他住在了医院里，拼命工作以忘记其他事情。但是，没想到还是见到了小宇。

而小宇又何尝不是。她的大眼睛在瘦削的脸上显得更大了，而这双眼睛也没有了往日的神采。

邵平在外科如今显然已经能够独当一面了，带教老师只带了他一个人来。两个人配合默契，动作迅速，很快找到发炎的阑尾，还好，没有穿孔，只是化脓而已。于是手术仅仅三十分钟就顺利结束。

当他们下了手术台，去洗手时，邵平经过小宇的身边，深深地望了她一眼，像是要说什么。

而小宇，低下头，不想让他看见自己眼里的泪花。

第二十六章　戏剧人生

第二天早上下夜班，小宇得到护士长的批准，可以和汪华一样休息一整天。

她努力睁着略红肿的眼睛，疲倦地走出医院，却听到有人叫她。

是邵平，他追了上来，两个人一同在路边走。回宿舍的路似乎变得漫长，沉默了好一会儿，邵平先开口："对不起，那天我太激动了，可能说错话了。"

小宇没有看他，倔强地还是不说话，只是一个劲儿地向前走。

邵平继续说着："小宇，我们都忘记过去的事情吧！我们是相爱的啊！"

他抓住小宇的手，迫使她停下脚步："我爱你，不要离开我！"

小宇停住了，泪眼朦胧中扑向邵平的怀抱。

她现在不想想太多，她只知道，离开他自己很痛苦，她不想失去这份感情。

但是两人都太累了，相约各回各的宿舍睡觉，晚上一起吃晚饭。

小宇回到宿舍，发现门居然虚掩着。她刚要推门进去，却听到胡秋月的声音。

"你走吧，我不想再见到你！"胡秋月的声音很冷漠。

"可是，你还没有听我解释！我和她真的没有什么关系，就算我曾经暗恋过她，那也是很久以前的事了，我现在爱的是你啊！"是郑家诚的声音。

"还说没什么关系，没关系的人会拥抱在一起吗？大街上那么多人，你怎么不拥抱一个呢？"胡秋月显然很生气。

又是一对吵架的情侣，小宇忽然想笑。转身向宿舍大门的方向走去。

宿舍暂时先不能回了。可是怎么办啊，困啊！她灵机一动，跑到传达室打起了电话。

“喂，秋月，你在宿舍啊，帮我看看我的床上有没有一本实习手册？我忘记带了，要交到护理部的，我想一会儿回去拿。”小宇努力让自己的声音显得着急的样子。

胡秋月看了看苦着张脸的郑家诚：“我一会儿就要去医院了，给你送过去得了。”

不一会儿，小宇从传达室的窗帘后面看到郑家诚走了出去，自己也走出来，向宿舍走去。

进了门，把胡秋月吓了一跳：“你不是在医院吗？”

小宇笑。胡秋月马上明白了是怎么回事：“那我还得谢谢你了，帮了我一忙，让他走了。”

好久没见胡秋月了，她还是那么漂亮，但是打扮得分明娇艳了些，原本不化妆的她，如今化上细致的妆容，显得十分成熟。她穿一件红色的羊绒衫，颈上有一条闪闪发光的项链。

“秋月，你这学期还是好好实习吧，毕业了再好好工作也不迟啊！”小宇很是为胡秋月担心。

“当然，这学期我是得注意点，不管怎样，不能让我爸妈担心啊！”胡秋月叹了一口气。

姐妹中没有人知道她这半年里做了什么，只知道她和郑家诚谈恋爱，然后经常不回宿舍。如今新学期开始，她这几天居然每天都回来，反而让大家觉得奇怪了。

果然是恋爱出了问题，小宇不知道该不该问这事儿。

倒是胡秋月自己说了：“我要和郑家诚分手了，他大学时的女朋友来找他了。”

她的语气十分平和，像是在说着和自己毫不相关的事。

小宇躺在床上，迷迷糊糊地听胡秋月说着，进入了梦乡。

而胡秋月，看看睡着了的小宇，停止了说话。也躺下，独自想着、构思着自己的未来。

是那个女孩子来找她的，说自己是郑家诚大学时的女朋友。女孩子长得清秀，泪水涟涟地说着自己的故事。

她叫于丹丹，大学毕业就回了海南，在家附近的一家医院工作。父母都是国家机关干部，却不想一次两人开着公车出门，出了车祸。于丹丹一下子失去了双亲。她来北方是因为她的爷爷奶奶都生活在这里，她的爸爸当年是个上门女婿。

她在上学的时候就知道郑家诚家在这座城市，心里就想着会不会遇到他呢？一问同学，很快就打听到他的情况，包括他在和一个医学院的女孩子谈恋爱。

听到这个消息，她觉得自己在吃醋了，心里酸酸的。毕业前他在她留言册上的诗句她还记忆犹新，怎么这么快就爱上别人了呢？

她以为胡秋月会追问些什么，比如他们在大学里的交往情况，却没想到胡秋月很平静地说："那我就退出吧，成全你们。"

太顺利了，于丹丹有点不敢相信。

"不过我们要演一场戏，要不然他是不会离开我的，你明白吗？"胡秋月其实很清楚郑家诚对自己的感情，她知道眼前这个女孩子根本不是自己的对手。

于是街头有这样一出戏：男孩子被一个女孩子叫住，他还在仔细回忆着来者的姓名，冷不防已经被对方抱住，然后，他看到自己的女朋友走过来。

这当然是策划好的一场戏，只有郑家诚一个人不知道。他着急地追赶胡秋月，试图向她解释，那个女孩子只是他大学的同学，他们之间什么也没有发生过。

胡秋月为什么要离开郑家诚？难道她不再爱他？或者说她从来都没有爱过他，他只是她通往成功之路上的一个助跑机而起。当她这样问自己的时候，却发现心里有莫明其妙的痛。

让郑家诚意外的是大学同学于丹丹的出现。没错，他是曾经喜欢过她，可是现在，他爱的是胡秋月啊。他看着面前少了大学女生的清纯，多了些都市女子浪漫的于丹丹，她穿一件白色风衣，不胜寒冷的样子。她居然从海南跑到了这个北方城市，难道就为了找他？

但是现在这个女孩子已经泪流满面了，她扑进他的怀抱，他不忍心推开她。

第二十七章　改变的理想

胡秋月曾去郑家几次，郑夫人一直持反对意见，后来胡秋月也就不愿去郑家诚家了。

很久后，郑局长在一次会议上见到了胡秋月。这是一家医用器械公司开的一个新产品推介新闻发布会，为了临床推广，特意请来了S市的卫生局长，也就是郑家诚的父亲。

而胡秋月所在的广告公司则是新产品的广告代理。郑局长看到身着晚礼服的胡秋月，以为自己认错人了。后来广告公司的一位经理向他介绍胡秋月时，他才确认真的是儿子的女朋友。

他皱了皱眉头，心想这个小姑娘怎么不好好在医院实习，非要抛头露面拍什么广告。于是装作不认识她的样子，和她握了握手。

当医用器械公司的老总和他谈产品进入医院试用的事情，他都打着哈哈，有些心不在焉。

胡秋月也在暗自观察着郑局长。看来他不喜欢自己出现在这样的场合。一开始，她的理想只是能够留在这个城市，成为这里的一分子。可是在拍广告的过程中，她发现自己更适合做广告模特儿这个职业。

她喜欢灯光下拍照的感觉，喜欢在镜头前展现自己的美丽，喜欢别人用羡慕、欣赏的眼光看自己。

她觉得自己不可能再满足于毕业后到医院做一名护士了。

看到郑局长在皱眉头，她马上意识到现在的自己和原来的自己已经截然不同了。郑局长喜欢的是从前的胡秋月，那个纯真、美丽的胡秋月，而不是现在的时尚、交际花一样的女子。

晚上回到家里，郑局长看到儿子郑家诚也在，就郑重其事地和他谈了一下。

“胡秋月什么时候开始拍广告的，你怎么不告诉我一声？”他在责备儿子。

郑家诚愣了一下，其实他也不赞成胡秋月走广告模特儿的路，但是她根本不听，还说他思想落后，跟不上时代。

郑家诚不赞成胡秋月拍广告，其实只是一个热恋中的男人的自私的心理。凭什么我的女朋友穿得那么暴露，在拍摄现场让那么多男人看，甚至还要出现在电视里，让更多的人看。他觉得自己的女人也是自己的隐私，突然就成为人公众观看的对象，哪有隐私可言了呢?

为此，他们甚至大吵了一架。胡秋月坚决不让步，最后他无奈地妥协了。

“也没什么吧，爸，模特没什么不好啊！年轻人爱美丽，爱表现，时间长了她就厌烦了。”郑家诚试图说服父亲理解胡秋月。

这时，郑夫人从卧室走出来，很显然她听到了父子俩的谈话，脸上带着怒气。

“我就说过这小姑娘不可靠，不稳当，马上和她分手!”她的语气毋庸置疑。

郑家诚为这事已经不只一次地和她争吵。现在，他有些习惯这种争吵了。

考研他也去考了，他知道也考不上，但是自己提出来的，还是要象征性地去考一下。

他也很奇怪自己怎么如此热衷于和胡秋月恋爱呢? 父亲问他要不要先安排个工作，他说考完研再说吧。如今试也考了，他还是不谈工作的事，他觉得只要有胡秋月陪伴，就充满了快乐。至于工作，甚至父母似乎都成了次要的。

那段和父母闹翻的日子里，他其实是想和胡秋月同居的，房子他都找好了。这些年父母给他的钱，加上爷爷奶奶给的压岁钱，居然攒了几万块。

那天，他带着她到他租的房子里，是一个一居室的楼房，四十平方米大小。

房间里，郑家诚拥抱住她，在她耳边轻轻说：“我们住在一起吧，我每天都给你做早餐。”

胡秋月却一把推开他："你怎么这么冲动，住几天就搬回家吧！"她是不希望郑家诚和家里闹翻的，失去卫生局长儿子身份的郑家诚，对于她来说，就没有什么吸引力了。

后来郑家诚还是搬回了家里。自从胡秋月的广告一个接一个，他知道自己也不能再无所事事了，就让父亲在市人事局安排了一个工作，负责人事系统的计算机管理工作。

胡秋月和他的距离越来越大。他已经有了预感，只是没想到会这么快。于丹丹的出现多少让他得到一点点抚慰。

后来于丹丹告诉他，一切其实是胡秋月安排的。这让郑家诚感到心寒，也许，她从来就没有爱过自己，一开始是把自己当成一个跳板，后来发现自己已经没有利用价值了，就甩了自己。

这样一想，他有点恨胡秋月了。

而胡秋月，此时正在夜色中继续广告的拍摄，她真得越走越远了。

第二十八章　知心爱人

初春，乍暖还寒。

经过了激烈的思想斗争，胡秋月决定和郑家诚分手。

然而却不轻松。胡秋月看看郑家诚的背影，脚步似乎很沉重。她的心，便有了痛的感觉。而事先她以为自己不会有任何感觉。

宿舍里，李春天也在烦恼着。方明一个星期没有打电话给她了，更别说来找她了。倒是丁磊，每天都打电话给她。他并不多问什么，只是偶尔说一下李春天父亲的情况。听到自己父亲的情况，李春天就想哭，对亲人的思念让她的心似乎飞到了家乡。

而方明，却成为她心中的一个结。他怎么了？

方明表面上还是像往常一样，上班，下班，把工作做得有条不紊。但是，只有他自己知道，他无时无刻不在想着李春天，思考着他们之间的这段感情。

她欺骗了自己。她明明有一个男朋友的，却还要和他交往。他看得出来，那个男孩子十分爱她，那种发自内心的爱，自己都自叹不如。

他第一次体会到失眠的滋味。要不要去找李春天？她为什么不来找自己呢？她现在是怎么想的？有时候，猜测对方的心思是最辛苦的。

星期五的晚上，他下班回来，在宿舍里发呆。这时，有人推门进来，是邵平，后面跟着小宇，看来两人又和好如初了。方明打心底羡慕这一对。

小宇当然知道方明的心事。可是她也不知道李春天现在怎么想的。

她体会这种痛苦，欲罢不能的痛苦。她悄悄走到方明身边，试探性地问："方明，你和李春天好好谈过没有？"

方明有些无奈地笑笑："我不道该和她谈些什么，还是都好好考虑一下吧。"

邵平不愿意看到室友再这样下去："都考虑一个星期了，男子汉大丈夫，考虑好了就说清楚，别婆婆妈妈的！"

邵平提议把李春天找出来，四个人去唱卡拉 OK。

在女生宿舍楼门口，方明和邵平在外面，小宇冲他们做个成功的手势，然后走了进去。

李春天刚刚放下丁磊的电话。丁磊告诉她，他会等她回家。她在凝视思考。

冷不防小宇一声招呼："李春天，想什么呢？"

她抬起头，勉强地笑笑："没想什么，怎么了？你不是和邵平出去玩吗？"

"我们一起玩吧，去唱歌，放松一下心情吧！"小宇不由分说，就拉起李春天的手。

当两人走到宿舍门口的时候，李春天看到了邵平身边的方明。她想要转身回去，但小宇悄悄说："给他一个机会，也给自己一个机会，哪怕是一个结束。"

她犹豫着，被小宇拉着向前走。

包间里。

正对着屏幕就是一张长沙发。此时，小宇和李春天就坐在沙发中间，方明坐在了李春天旁边，但明显不像从前，彼此保持着一定的距离，好像只是普通的朋友。

小宇想给他们制造机会，于是点了一首合唱。她和邵平一起唱《知心爱人》，她拿起麦克风，和邵平坐到了屏幕左侧的另一张沙发上。

音乐不是很响，是小宇故意调的。方明和李春天偷偷地看了对方一眼，然后又把目光投向屏幕。

说什么呢？方明再看李春天时，却发现她的面颊上有泪珠滑落。那一刻，他心很痛。他拉住李春天的手，焦急地说："春天，我们重新开始吧，忘记过去，好吗？"

不需要太多的言语，沉默中，他的手臂环在她的腰际，她的长发抚过他的面颊。就算未来会有坎坷不平，他们只相信这一刻心里的感觉。

第二十九章　单身老女人

（一）

呼吸内科病房里住进一位奇怪的病人。她住院半个多月了，却不见一个亲属来看望她。

小宇每天早上为这个比她的母亲还要年长的女病人扎针时，心里充满了疑惑。这天，她又像往常一样扎完了针悄悄看了看病人的脸，却恰巧迎上她的目光。平时她总是闭着眼睛，不和任何人说话。这位年长的病人显然一直看着小宇，此时她对小宇笑了。慈祥的微笑，皱纹绽放在她的眼角、嘴角，她无神的眼神似乎也明亮了许多。

病历资料显示她已经五十五岁了，是一所中学的教师，刚刚退休，诊断是"肺癌"。住院的当天，倒是有一群人送她来，最后留下的，却只有一个三十多岁的女子。

这位女子看上去不像是她的女儿，至少从相貌上看她们没有一点相似之处。但是从老教师住进医院起就天天守护在她身边，按时去医院的食堂打饭，为她按摩，擦洗身子。她们之间没有母女的亲密，更多的是一种客气。

老教师终于说了她住院以来的第一句话："你今天给我扎针扎得很好，一点没感觉到疼。"

小宇没料到她会开口讲话，倒被吓了一跳，口齿也不清了："是，是吗？那我继续努力！"然后她就匆忙推着治疗车到隔壁病房了，心里在想着，老教师心情好点了吗？

老教师病历上的名字是赵雅洁，很淑女的名字。从她那双大眼睛（双眼皮）和挺拔的鼻梁，可以推断她年轻的时候一定是个美人。

姑且就称她为赵老师吧。小宇和韩冬冬忙完了输液就在护士站歇息，她们最近经常谈论的话题就是这个赵老师。韩冬冬这个小广播，今天果然打探到最新消息。

她开始播报了，不过不是以往眉飞色舞的神情，而是略显伤感的样子。她先叹了口气："唉，你们知道赵老师为什么一个人吗？"

大家一直对此事十分关注，此时都把目光聚集到韩冬冬身上。

"因为她一直没结婚，一个人过了一辈子，有几个远房的亲戚都在南方，每天照顾她的那个女人是她雇来的陪护。"

"原来是这样啊！"大家都恍然大悟，但是更加好奇了。为什么赵老师一直没结婚呢？她是感情上受过伤害，还是其他什么原因？

小宇对这个孤苦伶仃的老人格外关心，深深地同情着她。看到赵老师，小宇就突然想起自己的奶奶，那个本不应过早离世的老人。

她尽可能地帮助这位患了不治之症的老人，扎针时，她仔细地选血管。老人身体已经十分消瘦，血管清晰，但是老年人的血管普遍脆性高，经常发生药液外渗的情况。小宇每隔个十来分钟就跑过去看一下，果然有好几次发现有药液外渗，幸好她发现得早，输液部位只肿胀了一点儿。

赵老师也就对这个很热心肠的女孩子多看了几眼。她刚刚住进医院的时候，表情淡漠，好像对一切都失去了兴趣，一心等死的感觉。医生向她询问病史，她也只是点头或摇头，就是不讲话。

这样一个知识女性，尽管有着一颗坚强的心，但是在无情的病魔的折磨下，她的身体还是一天天地衰弱下去。她甚至没有力气自己坐起来，一切都要依靠那个陪护的女子。

幸好陪护的女子也是个善良的人。为赵老师端水喂饭，翻身按摩，甚至处理大小便。看得出，她十分尊敬病床上的赵老师。

虽然赵老师的病情没有出现奇迹，而是像大多数晚期癌症病人一样，越来越消瘦，进食困难，需要静脉输入营养液来维持生命。但是她的心情却分明比刚住院时好了。

先是和小宇聊聊天。当她听说小宇一家四口，还有一个妹妹时，脸上的表情更柔和了。

（二）

这天下午，小宇像往常一样，来到赵老师的病房给她测体温。她的情况并不好，经常在晚上发高烧。

一进病房，小宇发现病房里照顾赵老师的女子不在，却有一位陌生的访客。这是一位与赵老师年龄相仿的男人，他戴一副黑色边框的方形眼镜，看上去温文儒雅。

而躺在床上的赵老师，此时已经泪流满面。她看到小宇进来，慌忙掩饰自己失控的情绪，手向枕边摸索着，终于摸到一条方块毛巾，擦拭着眼睛。

小宇上前把体温表给赵老师放好，赵老师笑着向她介绍这位陌生来客。

“小宇，他是我高中的同学，老王，这个就是我说的我挺喜欢的小护士。”那位被赵老师称为“老王”的男子也冲着小宇笑了，却冷不防脱口而出一句：“很像年轻时候的你。”

小宇一惊，真的吗？自己和赵老师长得很像？难怪赵老师特别注意自己。她一边想着，一边识趣地退出病房。

这间病房是赵老师所在的学校和医院特意定好的，类似干部病房，原本是两张病床，但现在只安排了赵老师一个人住。

十分钟后，小宇不得不去病房收回体温表。这时候她发现那位“老王”已经离开了，床头桌上的水果和花篮应该是他留下的。

而赵老师，此时看上去神情恍惚，她看着手中的一张照片，手微微地颤抖。

“小宇，陪我聊聊天吧！”她叹了口气，示意小宇靠近她。

小宇也对这张照片充满了好奇。她凑上前去。

这是一张黑白照片。四寸大小，但是照片上的人物依然清晰如故，这是一张毕业照，上面有手写“高三四班毕业留念”字样。二十几个十七八岁的年轻男女，中间应该是他们的老师。

小宇一眼就认出了前排的赵老师，两根油黑发亮的辫子垂在她的胸前，穿着白色的衬衫，清纯可爱。

还真是有点像自己，小宇心里感叹着。

“你们都对我好奇是吧，那就听我讲讲我的故事吧。”赵老师指着照片：“这个是我，你一定认出来了吧，这个是他，老王，我们那时候彼此喜欢对方。”

赵老师的故事像极了爱情小说里的情节。

她上高一的时候就和他（老王）分在了一个班级。尽管学校里三令五申不许谈恋爱，但是情窦初开的年轻人还是偷偷地传递情书，在学校的小树林里约会。

她和他做了同桌，但真正开始还是在高二的时候。

那天的晚自习他显得心不在焉，偷偷地看她，而她也感觉到他的异常。终于，他的笔记本悄悄被推到她面前，示意她打开看看。

她疑惑地翻开笔记本，却发现这是一本日记本，扉页上写着：“给我爱的女孩子：赵雅洁”

她的脸立即就红了，迅速把笔记本放进书桌，装作若无其事的样子低头写字。

他说：“如果你喜欢我就画一个笑脸，如果你拒绝我就画一个难过的脸就可以了。”

最后，她画了两个脸，一个是男孩子，一人是梳两个小辫儿的女孩子，两个都是笑脸。

然后就是小心翼翼地恋爱，神秘而甜蜜。他们的家离得并不远，星期六星期天两人就一起跑到野外的树林里约会。

树林边有灌木丛，草地，还有一条小河，她最喜欢和他一起躺在草地上，望蓝天、白云。阳光温暖，她枕着他的胳膊，拔一根毛茸茸的狗尾巴草挠他的鼻子、耳朵。他痒得直笑，然后捉住她的小手，放在嘴边轻轻地亲吻，然后再吻她的樱桃似的嘴唇。

后来他们报考了同一所大学，于是开始等待录取通知书。那个夏天因为有了共同的理想，有了对方的爱恋，成了最美丽的季节。那个夏天的一个午后，在他们常去的小树林里，她不清楚他对她做了什么，只感觉到下身有片刻的疼痛，然后却是全身的颤抖，好像进入一种幻境，她和他在好像是天堂一样的花园里嬉戏。

那个时候信息闭塞，她真的什么都不懂。后来她发现自己两个月没来“大姨妈”，悄悄跑到校外的医院去检查。结果简直是个晴天霹雳。

她怀孕了。

她害怕得哭了。而这时候她已经坐在大学的教室里读书，还有他，他们考上了同一所大学。

面对医生满是疑惑的目光，她临时编造了一个谎言：说自己一天晚上在路上遇上了坏人，所以，这个孩子她不能要的。

这位医生是一个四十多岁的女人，她锐利的目光变得温和了些，叹了口气，说做手术吧，休息一个月。

一个无知的少女就这样过早地承受了女人生命中的痛。

他知道了，听说她休病假一个月，他不解。看到她苍白的脸，几经询问，他才知道都是因为自己的鲁莽与无知。

他心里生出深深的罪恶感，在这种自责的心理下，他的学习成绩一落千丈。他觉得她在怨他，要不然怎么他拥抱她的时候，她就开始全身发抖，用力地推开他？

而他又怎么知道这只是她在赌气。她希望他能更爱她，更宠她。而他却以为她要离开他了。

英俊的他身边一直有追求他的女孩子。他挑选了其中一个还算知书达理的女孩子，接受了她的求爱。

剩下的，就只有她的意外和眼泪了。

（三）

赵老师说到这的时候已是泪流满面了。

小宇也跟着流眼泪。

赵老师说，后来她就再也没有谈过恋爱，她无法爱上其他人，她心中的爱已经死去。

大学毕业后，她就留校教书了。而他，去了遥远的另一个城市，和他的女朋友结婚了。

直到现在，两个人才真正了解了各自内心的想法。可知道了又能怎样呢？他们相对无语，任泪水肆意流淌。

平静下来的赵老师，看着小宇，忽然笑了。

小宇疑惑地看着这个又哭又笑的老人。

“小宇，他当时离开我不是因为不爱我了，他一直爱着我。”她的脸上洋溢着幸福的笑容。

此后的一个月里，“老王”每天都来医院陪伴赵老师。那个陪护的女子只在赵老师需要擦身、换衣服的时候才进病房。

护士站里马上因为这个“老王”的到来热闹了一阵儿。大家各抒己见，分成了正反两派。一派支持老王陪伴赵老师走过最后的日子，而另一派则反对老王这样天天形影不离地陪着赵老师。

韩冬冬当然和小宇站在一起的，绝对支持这一对旧情人重逢。

但是纸包不住火，老王的行踪还是被他的老婆知道了。这天，一个化了妆、头发烫染成栗色看起来有四十多岁的妇女径直走到护士站，很客气地问：“请问赵雅洁住在哪个病房？我是她的老同学，来探望她的。”

小宇马上起身走出护士站，热情地招呼这位看起来气质高雅的阿姨：“阿姨您好，赵老师住在301病房，我带您去吧！”

而从护士站到赵老师的病房要穿过一条长长的走廊，不知道为什么，小宇有隐隐的担忧，她总觉得这位阿姨和老王有关系。

走到一半路程时，她终于忍不住问道：“阿姨，您和‘老王’认识吗？”

一听“老王”这两个字，这位阿姨情绪立即激动起来：“他是我家老头，瞒着我说出来开会，我一想这会怎么开了一个月还没完，原来是跑到这会老情人来了！”

说罢更加快了脚步。

“阿姨，您先别着急，听我说两句话行吗？”小宇心想来者不善，可不能让她在赵老师面前说些难听的话。

她一把拉住了这位阿姨的手，还好，她真停下了。

两人就坐在了病区走廊的休息椅上。

小宇讲了“老王”和赵老师的故事，不过情节略有改变。她告诉

“老王”的老伴，老王现在只是为了安慰一下为他孤独了一辈子的赵老师，编造了一个善意的谎言。

“真的吗？”老王的老伴半信半疑。

“真的，王叔叔和我经常聊天，他亲口对我说的。”小宇信誓旦旦。

看来她是信了小宇。反正当她敲门走进301病房时，已经是带着淡淡的笑容了。

老王显然对老伴的到来没有心理准备，一下子愣住了。赵老师仔细看着来访者，立即认出这就是当年抢走她的爱人的那个女孩子。

三个人谁也没说话，气氛一时间有些尴尬。

“赵老师，这位阿姨说是您的老同学，来看看您！”小宇适时地打破了凝固的气氛，然后她推门走了出去。

谁也不知道三个人经过了怎样的交谈。护士站里的话题又转到了赵老师身上。尽管大家一再追问小宇这个来访的女人是谁？小宇就是摇头。

韩冬冬一把拉过小宇，两人跑到科室外面的楼梯上。经过韩冬冬的死缠烂打，小宇才说了这个女子的真实身份。

“我猜她就是老王的老伴！那她会不会和赵老师吵架啊？”韩冬冬也很担心赵老师的处境。

不过她们的担心似乎是多余的，因为老王的老伴离开的时候表情很平静。而此后，老王依然是每天都来医院。

后来小宇轮转到别的科室了。但是小宇还是抽出时间隔几天就来看看赵老师。在医院的花园里，大家经常看到一位老年男人推着轮椅，上面坐着一位女子，两人面带笑容，谈笑风生。

而赵老师最后离开的时候，小宇就在她的身边。那天晚上，在血液科实习的小宇和带教老师一起值夜班。做完了七点钟的治疗，她和老师说了一会，就跑到对面的呼吸科去看赵老师了。

这时候赵老师和陪护的女子都还没睡。老王已经离开了，据说他在医院附近租了房子住。

赵老师看到小宇来，精神也提起来了。但是此时她已经不能讲太多话，声音听起来也是有气无力，她示意陪护从抽屉里拿出一张纸来，递给了小宇。

（四）

这张方格信纸上，用黑色碳素笔写的“遗嘱”两个字分外显眼。小宇的心跳突然间慢了半拍儿，她用力深吸了一口气。

“没错，这是我写的遗嘱。”赵老师的声音很轻，但在安静的病房里，小宇和陪护的女子听得很清楚。

“明天你们帮我找法院公证处的人来吧。”她说完闭上了眼睛，不再说话。

而遗嘱内容小宇看了并不意外。

赵老师把遗产中的房子赠送给了“老王”，剩下的十万元存款捐给了她所在的学校。

此时的她已经瘦削得失去了人形，颧骨突兀，双眼已经失去了神采。小宇此时只有深深的惋惜与一丝心痛，想到她将不久于人世，她忽然想起自己日渐苍老的父母。

第二天她下了夜班立即到公用电话亭给家里打了电话。是母亲接的，她以为出了什么事，紧张地问：“怎么了，小宇？”

小宇听着母亲略颤抖的声音，眼泪就一下子流了出来。

这更让母亲担心了，她急急地问：“你哭什么啊？到底出什么事了？”

小宇却破涕为笑了：“没什么事，妈，你和我爸都好吧？”

“傻孩子，你爸妈身体结实着呢！你问这做什么？”小宇的母亲听到女儿笑了，心想应该是女儿想家了。

小宇在电话里简单讲了一下赵老师的事，她的母亲在那边听着，最后叹了口气说：“这就是她的命，小宇，这人都有自己的命运。”

小宇打完了电话，忽然想起邵平。离毕业还有三个月的时间，他一心只想回新疆，她到底要不要跟他去？一想起这事她就头痛。

三天后的一个早上，护士做晨间护理时发现病床上的赵老师已经停止了呼吸。她是没有按桌头呼救的按钮，还是在睡梦中悄悄地离去了？

小宇和其他好多实习生都跑过来了。她们都流下了眼泪，并且自发组织买了一个花圈。赵老师所在的学校的领导也都来了，还有老王和他的妻子。

医院破例在一间会议室里为赵老师开了个小小的追悼会。几十个人走进了会议室，但是没有人说话，十分寂静，人们神情肃穆，没有哀乐，没有撕心裂肺的哭喊。但是悲痛还是写在人们的脸上。

特别是老王，手拿着手帕一个劲儿拭眼睛。而他的妻子也受了他的感染，眼泪在眼圈儿里打转儿。

赵老师安静地去了，小宇觉得这样挺好的。

四月里的春风已经不再寒冷，小宇走在医院的花园里，仿佛又看见一位老人推着轮椅，轮椅上坐着一个老妇人。两人斑白的头发被风吹起，而风中，传来一阵欢乐的笑声。

第三十章　跟踪

四月中旬的时候，胡秋月请了一个星期的假。大家猜测她一定和往常一样，去外地拍广告去了。

但是这一次，她似乎特别高兴。一问才知道，原来是去北京。几个姑娘在省城过了四年，但是首都北京谁都没有去过。

韩冬冬先着急了："胡秋月，你问问你们公司能不能带家属去啊？"

小宇笑她："开什么玩笑，人家是去工作，不是旅游去！"

李春天则慢条斯理地说："北京有什么好，哪天我带你们去杭州，西湖可是独一无二的！"

胡秋月白了李春天一眼，"天安门、长城、故宫杭州有吗？"

李春天委屈极了："你去你的北京吧，去杭州也不带你！"

胡秋月头也不回地走了。

北京火车站人山人海。人群中有一个引人注目的女孩子，高挑的身材，漂亮的脸蛋。

她就是胡秋月。

此时，她只背了一个双肩背书包，戴一顶粉色的遮阳帽。此时她正寻找着地铁的入口。

冷不防前面一个人挡住了她的去路。只见一个二十出头的小男生正用近乎崇拜的眼神看着她："小姐，能打扰您一下吗？"

胡秋月疑惑地看看他，他马上流利地说起来："我是一家影视公司的职员，现在我们公司要拍一部电视剧，正在招演员，您长得这么漂亮，去试试吧！"

胡秋月听明白了，摇摇头，继续向前走。

男孩子却不甘心就此放弃，一边加快了脚步，一边说着："小姐，机会难得，我们免费培训的！"

这时，后面有人拍了拍他的肩膀，一个比他高大半个头的男人面色不悦地说道："谢谢！我们不需要！"

胡秋月听到这个熟悉的声音停下了脚步。

她转身看清了来者，其实从声音她已经听出来了，郑家诚。他的声音她怎么会听不出来呢？他几乎每天都要给她打电话。

男孩子识趣地离开了，继续寻找下一个目标。

北京的春天特别短，温度预示着夏天马上就要来了。

郑家诚显然也不知道北京的温度，虽然外套早已脱下来，但身上还穿着羊毛衫。这时候他的额头，鼻尖都是汗珠。

"秋月，我是悄悄跟你来北京的，你来北京干吗？"郑家诚这几天打胡秋月的电话她不接，找也找不到，没想到在火车站送于丹丹的时候，看到了背着书包正要上火车的胡秋月。

他想叫她，但她已经走进了车厢，这次开往北京的车马上就要开了，他犹豫了一下，飞快地从一个离他最近的车门跳了上去。

"你跟踪我？我来北京拍广告。你不要跟着我了。"胡秋月虽然没有表现出很生气的样子，但是态度很冷淡。

"秋月，于丹丹都告诉我了，你是故意要和我分手。我到底做错什么了，我爱你也有错吗？"郑家诚的情绪有点激动了。

"我们找个地方坐下好好谈谈吧。"无奈，她只能奉陪。

在附近的肯德基快餐店，他们坐在角落里的位子上。彼此对视了半分钟后，胡秋月开口了："就是想离开你，没什么原因。"

郑家诚显然不满意于这个回答："什么事情都是有原因的，你不爱我了是吗？那也是有原因的啊！"

"唉，我要怎么说你才明白？郑家诚，我不会在那个城市待一辈子，做个小护士的。你明白吗？我的理想决定我只能离开你。"

胡秋月说这话的时候，眼睛从郑家诚的肩膀上穿过去，投向了更远的地方。

是啊，她的理想已经改变了。原来她以为自己能够嫁给卫生局长的儿子，有一份三甲医院的工作，成为那个城市的一员，就已经很好了。可是现在，她又有了更高的目标。

"你的理想到底是什么?"郑家诚显然对这个女孩子越来越不了解了。原来他以为她只是爱慕虚荣，追求时尚与金钱的女孩子。可是现在，他知道她追求的远不止这些。

(二)

"我来拍广告。"她态度依然很冷淡。

郑家诚并不介意她的态度。他依然爱着她，虽然有些恨她，恨她就那么狠心地结束他们的感情，用"一刀两断"形容丝毫不为过。

而现在坐在他面前这个眼神有些迷茫的女孩子，有些楚楚可怜。她也不知道自己的理想是否正确，这条路能否走得顺利。

他会永远支持她的，就像当初她拍广告一样，为了她，他可以和父母吵架，其实她不必离开他啊!

胡秋月抬起头，遇上郑家诚注视她的眼神，她避开了那两道锋芒。不管那意味着爱也好，恨也好，她都觉得刺伤了自己的心。

这个执着的男孩子让她感动，也让她觉得自己对不起他。矛盾在冲撞着她的心灵，让她紧皱起眉头。

"我可以陪你一起去吗，像上次去广州一样?"郑家诚像往常一样，好像她依然是她的女朋友。

一提到"广州"两个字，两人都不约而同地想起了那段美好的时光。海边的十指相扣，拥抱与热吻。

胡秋月的脸立即红了，她摇了摇头，突然想起了什么："于丹丹其实很喜欢你的，当年你不是也喜欢她吗?"

郑家诚笑了，心想她在吃醋吧。他叹了口气："那都是以前的事了，现在我只爱你。"

胡秋月把嘴凑到吸管上，猛吸了一口可乐，不说话。

"我确信我爱的是你。"郑家诚作了最后的总结。

"你不恨我吗?"胡秋月的心一颤，有点想流泪的感觉。

"曾经恨过你，爱恨交织吧，你继续做我的女朋友我就不恨你了。"郑家诚握住了胡秋月扶着可乐杯的手，却吓了她一跳，她手一动，可乐杯倒了。

“对不起，对不起。”郑家诚忙乱地递纸巾。

胡秋月接过纸巾，一边擦，一边站起来向外走：“走吧！以后不要跟踪我了！”

郑家诚愣了一下，笑着跟了上去。

广告片拍摄地点是在北京电影学院，据说这个公司的老总就是电影学院毕业的。

北京电影学院校园并不大，在一片草坪上有一座金字塔一样的装饰建筑。表演系的学生把自己的未来比喻成这座塔，要么站到塔顶成为世界关注的焦点，要么埋在塔中不见天日。

摄影师郑重看到郑家诚，认出了他：“嗨，你是在广州和秋月一起拍片的吧？”

郑家诚不好意思地笑笑。

在电影学院的排练室里，有各种各样的乐器，这次的广告片就是要拍乐器。广告片的大概内容是电影学院的四个学生组了一个乐队，女主角是乐队的主唱，男主角是贝斯手。两人吵了架，男主角一气之下摔坏了贝斯，而女主角离开了乐队。定好的演出成了乐队最后一次演出。

演出的最后一次排练是在电影学院的排练室里。两人都想和好，却都不愿意先开口。男主角走进房间，看到一把崭新的和自己原来的一模一样的贝斯，这时候，女主角唱着他创作的歌曲从一大堆乐器中走出来，两人相视而笑。

这次的男主角是电影学院的一名学生，阳光，帅气。

他好奇地看看和胡秋月一起来的男孩子，有些疑惑。可能是怕自己被替换掉吧，急忙问摄影师来者为何人。

两人在门口低声说了两句，男孩子立即笑了。

然后走过来和郑家诚打招呼：“嗨，你好，姐夫。”典型“80后”的做派。

郑家诚脸红了，胡秋月也不知所措。

摄影师上前拍了拍男孩子的肩膀：“不许乱讲话，化妆去吧。”

化妆师是个娇小的女孩子，似乎对男孩子很有好感，一边给他化妆一边和他聊天。

化妆结束，两人俨然一对熟识的朋友了。

拍摄的时候，郑家诚就在旁边看着。为了拍摄效果，她戴了金黄色的假发套，脸上的妆容十分艳丽，和明星相差无几。

他看过上次在广州和胡秋月一起拍的洗发水广告，感觉自己也很有明星像，心里对这个行当也有了兴趣。

走在电影学院的校园里，他突然有了一个大胆的想法。

(三)

午休时间，要吃饭了，广告公司这次可能是赶时间，并没有找饭店吃饭，而是打电话订餐。好在天气很好，胡秋月和郑家诚就捧着盒饭坐在校园的长椅上，边吃边聊天。

听了郑家诚的想法，胡秋月差点没把嘴里的饭喷出来。

“怎么了？你觉得不可能吗？可能是有些难度，不过也要试一试啊！”郑家诚一脸的认真。

胡秋月其实心里也想过报考艺术院校，可是遭到了父母的一致反对。他们不是对女儿没有信心，而是对演艺界十分反感，觉得那些都是学习不好的学生才去学的。他们只想她平平安安地过安稳的生活。

虽然拍广告已经让她对医院的工作失去兴趣，但是如果说真的要放弃，还有点犹豫。

她看着郑家诚，窃喜。

于丹丹和郑家诚相处了几天，敏感的她感觉到郑家诚已经不是学校里那个羞涩的男生了。

她问到了胡秋月。她对这个美丽的女孩子充满了嫉妒，却又好奇。

“喔，是这样。”知道了他们的相识原来是郑家诚的父亲所为，她明白，以郑家诚的性格自己找女朋友的可能性不大。

但是这样羞涩的男孩子一旦爱上了却是无法自拔。

提起胡秋月，他的话匣子就打开了。

讲到她的美丽，她的公主脾气，她带他回广州，他们在大海边散步……

于丹丹听着，似乎清楚了，她并不是真的爱郑家诚，

被别人爱的感觉。

手中的咖啡已经失去了最初的温度。她望着同样失落的郑家

一字一句地说：“你去把她找回来吧，我也要走了，回海南。”

北方的气候的确不适合她，她更喜欢从小长大的海南岛。她喜欢在海里游泳，好像自己是一条美人鱼。

虽然从小在海边长大，但其实学游泳却是在一次意外中学会的。那时候她还不会游泳，只在海边上拾贝壳，有一次一脚踏空，掉进了海里。她挣扎着，扑腾着，却离岸越来越远。

慌乱中想起爸爸说过，游泳时不能在水里呼吸，一定要把脑袋伸到水外面。她就努力地抬头，张开手臂，扑腾双腿，后来她发现自己露出水面了。

那一年她十二岁，恐惧中学会了游泳。上岸时发现一起来玩的小伙伴都被吓坏了。

她自己却笑着说，我学会游泳了。

可是她感觉到这里不是她可以游泳的地方，她不属于这里。

郑家诚如释重负。

而对胡秋月的思念让他急于见到她。

跟踪完全是偶然。

（四）

到了北京，当然要游玩一下。广告公司拗不过胡秋月的纠缠，答应抽出两天时间让她好好玩一下，但是费用自理。

但是已经是不容易。只有一个星期，久了学校恐怕又要问了。上次的事件后来才知道是另一个班上一个女孩子告的状，这个女孩子喜欢的男生曾经追求胡秋月，她一直对胡秋月耿耿于怀。

胡秋月从此不敢三天两头不去医院了。好在现在快毕业了，学校对这些实习生管理也不那么严格了。

而广告公司的总部其实就在北京。老板看到身材高挑，漂亮

句胡秋月，立即拍板说："小胡，你毕业了可以立即来我公司班。"

他还请胡秋月在一家高档酒楼吃了晚饭，算是见面礼吧。

酒足饭饱之时，他拉住胡秋月的手，笑咪咪地说："秋月，你长得这么漂亮，我可以把你捧成一个明星你信不信？"

胡秋月急忙抽出手，带着点嘲讽："谢总，可是我不想当明星。"

广告公司老总谢印天心里想，小姑娘，还装正经呢，真是没见过世面。

"秋月，你是没走出校门，不知道社会上人心险恶啊！你以为那些明星都是靠自己的努力吗？都是有人捧的。"他拿起酒杯，呷了一口，闭上眼睛，摇头晃脑，像是在享受酒醉的感觉。

郑家诚没有在这里出现，尽管他对胡秋月执意不让他去深感不满，但也没有办法。此时，他在宾馆里坐立不安。

来北京的第一天，他知道自己随身只带了信用卡，但卡里其实没有多少钱了。就立即打电话告诉老妈，说自己临时来北京参加一个同学的婚礼，顺便旅游一下，让她往卡里打点钱。

老妈尽管不是很相信儿子，但是没有办法，只能照办。然后不忘记问："快点回家，要不你爸问起来我不好交代。"

晚上十一点钟的时候，胡秋月回来了，一身的酒气，郑家诚生气了。

但是当着司机和来送她的摄影师面又不好发作。

摄影师临走时还坏坏地笑："不许乘人之危啊！"然后，轻轻把门关上。

而郑家诚哪有心思！他听摄影师说过，那个谢老板在北京娱乐圈很有名，十分好色。

他担心胡秋月是否被他欺负，或者被他的花言巧语诱骗。

好在胡秋月并没有喝太多，神志是清楚的，只是手脚有些不听使唤。

她迷迷糊糊地听到郑家诚在问她，就说："没事，我没事。"

郑家诚的吻落在了她的额头，眼睛上，最后是嘴唇。胡秋月没有拒绝，他们已经好久没这样亲吻了。

自从和郑家诚分手后，胡秋月的日子也不好过。失去的时候才懂得拥有的幸福。

现在，这份幸福又回来了，她有什么理由不接受呢?

酒精的感觉真好，这些吻也变得无比甜蜜、温柔。好像陷入一种梦境，她听到他说:“我爱你!”

而她也想在他耳边呢喃，说她也爱他。

爱情有时候让人变得自私。郑家诚看着这个被酒精麻醉得有些意识不清的胡秋月，心里有隐隐的担忧。怕有一天自己会失去她，就像之前她和他分手一样，他很可能会再次失去她的。

那么，就让他们彼此拥有吧。至少他们真正地爱过，真正地拥有过对方。而且，这样，她就不会离开自己了。

当郑家诚的手顺着胡秋月的前胸滑到小腹，他的身体也紧紧靠过来的时候，她知道他想做什么了。

她没有拒绝，她知道自己是爱他的。

但是她要听到承诺，听到他的爱的承诺。

于是她抓住他的手，努力睁开眼睛:“你爱我吗?”

“我爱你，我要我们永远在一起，请不要再离开我，好吗?”郑家诚说完这句话，自己竟然流了眼泪。

“我好怕失去你，你知道吗?”他热烈地吻着她。

好吧，如果这样可以让他有安全感。胡秋月身体里的激情暗流涌动，她闭上了眼睛。

第三十一章　护理部主任

星期一下午，小宇接到护理部的电话。

她一下子心跳得很快，心想不会是出什么事了吧，自己没犯什么错误啊？最近在血液科实习，她和韩冬冬从见到血液透析的过程就头晕眼花，到现在已经能成功做静脉穿刺，进步飞快，她自己都觉得奇怪。

太同情那些血液透析的病人了，他们大多数都是尿毒症病人，靠透析维持着生命。小宇她们自然想到了李春天的母亲，她就是患上尿毒症离开人世的。

于是小宇把每个病人都当成好朋友的母亲，想着一定要成功，让人家少一点痛苦。

看着病人的血液从血管里流到导管里再到透析仪器中，她还是有些担忧。有一次，一个病人在血液透析进行到一半的时候，突然面色苍白，呼吸困难。小宇立即报告医生，但是因为是第一次遇到这种情况，看着痛苦的病人，她掉下了眼泪。

后来病人被抢救过来了，幸好只是透析中的并发症——低血压。

医生还表扬了小宇，说她认真观察病人，是个好护士。

反正护理部是很少直接找某个实习生去的。小宇忐忑不安地敲了敲护理部办公室的门。

“进来。”一个陌生的声音传来。

小宇推门进去。护理部主任姓张，叫张爱玲。

不过这个张爱玲并不是个文学爱好者，据说她的父母都是不识字的农民，随便取了个名字，没想到凑巧了。

张爱玲对护理工作却是十分热爱的。听好几个护士长说，张主任当护士长的时候，对护士要求可严格了。但是严厉中也有慈爱，特别是当了护理部主任后。

往常，在她下各科室检查的时候，实习护士们甚至普通护士都躲在护士站里，生怕出点什么错。据说张主任批评护士能把人家说哭了。

平时只能远观的护理部主任，今天被小宇看了个清楚。这位张主任短发，年龄接近五十岁，略胖。

平时在检查中她自始至终都紧绷着脸，从没有见过她笑，今天她却对着小宇笑了。

这让紧张的小宇心情略有放松，看来自己应该没犯什么错误。

“你叫小宇，是吧？”张主任手中拿着一张纸问道。

“是的，张主任。”小宇点点头。

“是这样的，我们医院打算在这批实习护士中选出些表现优秀的留在医院继续工作。”张主任解释道。

小宇心里一阵高兴，喜形于色了。

张主任看到小宇这样，心想到底是孩子，我才说个开头她就高兴成这样。

“听几个护士长说你在实习期间表现得不错。我也希望医院留下人才。是这样的，六月的时候可能会有统一的考试，如果你想要来我们医院工作的话，就报名参加考试。”

“知道了，张主任，我也希望能留在医院工作，谢谢您给我们这次机会！”小宇冲着张主任鞠了一躬。

张主任笑了，显得十分慈爱。“我女儿今年十八岁了，本想让她报护理专业，可是她不愿意啊！说当护士太累了，还要值夜班。”

“护士是很辛苦，可是我觉得如果通过我的护理解除了病人的痛苦，病人和家属都感激我，那我就很有成就感，觉得辛苦也值得。护士是很高尚的职业。”

小宇说得起劲儿，感觉张主任目不转睛地看着自己，突然觉得有些不好意思，下意识地正了正头上的燕尾帽。

第三十二章　兵哥哥

（一）

小宇回到了科室，心里的喜悦藏不住，都显示到了脸上。

韩冬冬正在巡视病房，正从一间病房走出来，立即向小宇快步走过来。

“嗨，什么事这么高兴啊？”她刚才听说护理部主任找小宇。

对自己的好朋友，小宇也并不隐瞒。她悄悄把韩冬冬拉出护士站，走到走廊僻静的地方，迫不及待地把护理部要招聘护士的事说了。

“公平竞争，考试，多好啊！”韩冬冬也乐坏了。

可是转瞬间她又皱起了眉头：“可是我理论知识恐怕不行啊！”韩冬冬在学校的时候就不愿意死背书本，巴不得早点结束理论学习，开始临床实习。

她从小就喜欢蹦蹦跳跳，实习的时候动手能力很强，护理操作掌握得很快，带教老师都说这小姑娘真聪明。

可是一问理论知识就卡住了，问她青霉素试敏液配制的浓度，她得想半天；可要是老师直接说“去配个青霉素试敏液”，看她抽盐水，稀释药物，抽药液，几个步骤不到半分钟准搞定。

不过这时候韩冬冬还是唱着歌拉着小宇去巡视病房了。她一边走一边告诉小宇刚才入院一个当兵的病人。

“听说是在边防部队工作的，你说是不是生活条件太艰苦了，累出病了。”韩冬冬十分同情这位兵哥哥。

“唉，可惜了，他长得很帅呢！”

说着，她就拉着小宇来到了302病房。

这位“兵哥哥”的名字叫李云凯。

此时，护士刚刚为他抽完血。他十分平静地躺在床上，眼睛望着天花板。

他患的是尿毒症，从一个偏远的县级医院转过来的。尿毒症是肾病严重了的表现，如果治疗不及时，最后将死于肾衰竭。

从最初的愤怒，拒绝接受自己患病的事实到现在的漠然，他经历了一段痛苦的心路历程。

门开了，不知是他没有听到，还是懒得转身去看。反正他没有动。

“李云凯，你没睡觉吧？”韩冬冬从来没有这么温柔地说话。

李云凯并没有睡，他坐了起来，小宇赶忙过去帮他把枕头靠在背后。

李云凯看了看进来的两个漂亮的年轻的小护士，有点感动。

他今年二十六岁了，十八岁当兵，二十岁去边防哨所，从普通的士兵到班长，一晃八年过去了。

本来今年他要申请退伍的，想趁着年龄还不大，转业到地方找个稳定的工作，找个女朋友，挺好的。可是没想到自己偏偏在这个时候得了病。

边防哨所物资短缺，他和另外三个兄弟在荒地上开垦了一个小菜园，这让他们的生活多了不少乐趣。

生活的另一个乐趣就是写信，收信。通过一本杂志，他们知道了可以写信交笔友，甚至交女朋友。于是几个人各自写了封信，照着杂志下方征友的地址寄了出去。

最后只有李云凯收到了回信。想必是因为他的字写得漂亮，文笔也很优美。

来信的是一个十六岁的女高中生，她对边防充满了好奇，想知道他们每天都在做什么。

女孩子的字写得娟秀，第一封信没等李云凯看完，他的弟兄们就嚷嚷起来：“都写什么了？”

李云凯想想信里也没写什么令人害羞的话，就给大家念了一遍。

大家听完了，一整天没谈别的，都在谈论这个高中女生了。这个说她长什么样子呢？那个说，她字写得秀气，人也一定长得好看。

于是大家一起给她写了封信。每个人把自己想说的话都写了进去。

士兵小王写道："我的小妹和你一样大，她初中毕业就没念书了，明年就要嫁人了，你可要好好学习啊，考大学。"

士兵小张说："能叫你声妹妹吗？我家里都是哥哥、弟弟，爹妈一直想要个女娃。"

士兵小赵更有意思："妹妹，能寄张你的照片吗？"

没想到女孩子的第二封信里真的夹了张照片。梳着齐耳短发的她，穿着白衬衫，下身是天蓝色裙装，想必是她们的校服。倚在校园的大树下，正对着他们甜甜地笑着。

李云凯看着两个年轻的小护士，突然想起了自己的"妹妹"，对了，她的名字叫夏小枫。几年过去了，现在她已经是个大学生了。

说起他们通信的事，中间还是波波折折。据说是夏小枫的老师没收了李云凯写来的信，直到夏小枫高三毕业的时候才还给她。李云凯迟迟不见夏小枫回信，以为她不愿意理他了。

直到后来收到一封寄自北京的信，他才知道原来夏小枫已经去上大学了。

然后，他们继续书信往来，他心里默默喜欢着这个女孩子，她在信中也含蓄地表达了自己的爱意，但是两人谁都没有明确表白。

李云凯觉得自己配不上夏小枫，也觉得如果夏小枫真的和自己在一起，太委屈了。但是为了当年的诺言，他在休探亲假的时候，去了北京一次，去夏小枫的学校看她。

（二）

陪着李云凯的，也是一个兵，看上去年龄似乎不大，于是小宇她们私下里就叫人家"兵弟弟"。

兵哥哥住院的头一天晚上，韩冬冬和带教老师值夜班。她看见兵弟弟一个人站在病区走廊里，寂静中，听到他在抽泣。

韩冬冬心里也酸酸的，她走过去，轻轻问："你没事吧？"

兵弟弟被吓了一跳，他揉了揉眼睛，哽咽着说："李班长太可怜了，他没爹没娘，现在又得了这个病。"

原来李云凯竟然是这样特殊的身世。第二天，韩冬冬告诉小宇，小宇也很意外。晚上在宿舍里，她们心情沉重，李春天受了她们的感染，虽然现在和方明重归于好，但是对丁磊却心怀愧疚。梦里，有时候他对她哭泣，哀求她回到他身边。

现实中，丁磊也一直和她联系，只不过更像是一位老同学、好朋友。他在电话里告诉李春天她父亲的近况，因为她父亲见了一位别人给他介绍的对象，对方恰恰是丁磊的姑姑。

这让李春天颇感意外。她尽管愿意父亲再找一个老伴照顾他，但是没想到却是熟人的亲戚，这让她和丁磊的关系变得很不一般，让她感觉有些别扭。

于是，她在电话里说话也变得不自然，丁磊听出来了："你不高兴，是吗？理解一下他们吧！我姑姑人很好的，姑夫是公安，在执行任务时牺牲了。"

"嗯。"李春天应着，心情却十分复杂。

丁磊就是不谈他们自己的事情，好像她从来没有伤害过他，好像他们只是同学、普通朋友，和她联系只是因为她的父亲和他的姑姑在一起。

李春天再没有从前单纯的快乐，和方明的恋爱也没有了往日的热情。

今天晚上，她却也走出了自己的烦恼，关心起这位兵哥哥来。因为他让她想起了自己的母亲，母亲不就是因为肾病离开的吗？

这触到了她心里的痛，她悄悄地流眼泪。

晚上九点，电话铃响了。

因为韩冬冬个子矮小，所以睡在下铺，正靠着桌子。她就近伸过胳膊，拿起话筒，听了几秒钟，叫道："小宇，找你的。"

说这话的时候，韩冬冬心里挺高兴的，因为打电话来的不是男生。有一阵子，要么是邵平，要么是大兵，她都烦死了，后来干脆电话响了直接叫小宇接。

是小宇的妹妹夏小枫打来的。

“姐，问你件事。”夏小枫的声音透着焦急。

“什么事啊?”小宇的声音则很低沉，情绪还系在兵哥哥的命运上。

“帮我查查最近有没有一个叫李云凯的病人住进你们医院了？在哪个科室？查到了马上告诉我。”她急急地说。

“李云凯？你认识他?”小宇愣住了。

夏小枫听说李云凯就住在姐姐实习的科室时，高兴极了，说明天就要来看他。这个风风火火的小姑娘，居然要从北京连夜坐火车赶过来。她现在是中国政法大学法律系三年级学生。追求她的男生都不知道，这个姑娘早已心有所属了。

给远在边防哨所的兵哥哥李云凯写信的时候，夏小枫还是个高二的学生。高二刚开学的那段时间，她突然不愿意学习了，因为她原来的那个同桌转学了，而她一直暗恋着他。

一天，失落的她无意中看到一本类似《男生女生》的时尚杂志，看到上面的交友信息。于是打了个电话，听说是免费的，就把自己的信息交上去了。

虽然夏小枫从小就有姐姐让着她，有爸妈宠着她，可她心里却想着要有个哥哥就好了。抱着这样的幻想，她就在征友启事上说：“我是个正在烦恼中的高二女生，想有个大哥哥，成为我的知心朋友。”

一个月后，寄给她的信陆陆续续地来了。先是两封三封，后来变成十来封，再后来是几十封。同学们十分惊奇，每天都围着夏小枫，问她信里都写了什么。

这一事立即引起了学校的注意，班主任把夏小枫叫到办公室，问清了原委，狠狠地批评了她。从此，夏小枫再也没收到什么信了。

而兵哥哥李云凯的信这时候已经是第三封，他写着：“好好学习啊，上大学的时候告诉我，如果有机会，我一定去你的学校看你。”

夏小枫想了想，也是，没准考上大学还能见到同桌呢，她知道他要报考中国政法大学。于是她开始拼命学习。

她本来就很聪明，再加上努力，顺利地考上了中国政法大学。但是很遗憾，她没有在学校里见到同桌，因为他最后报考的是清华大学。

（三）

夏小枫再见到同桌是同在北京上学的六个高中同校的同学聚会。她为了这次聚会准备了几乎一个星期，想着如何向他表白。可是见到他的时候，却发现他和另外一个女生十分亲密的样子。原来那个北大的女孩子是他上高中时就喜欢的。

看来自己只是自作多情。认清楚这一点后，夏小枫熄灭了自己的爱火。而且隔了两年，她发现同桌已经改变了不少，看他眉飞色舞地讲自己在清华的得意生活，突然觉得他十分陌生。

于是她借故学校有事，早早离开了。

那天晚上就接到兵哥哥的电话，他问她可不可以来她的学校看看她。

她几乎要感动得流下眼泪，问他哪天到？

他们见面的时候正是五月，两人在北京站见面后就一起先去了夏小枫的学校。

李云凯和夏小枫想象中的样子大相径庭。照片上的他也算英俊，夏小枫想着他应该是高大魁梧的“兵哥哥”，而现实中的他虽然模样也还耐看，但是个子一米七都不到，看上去像个初中学生。

不过夏小枫并没有表现出内心的失望。想着人家不远千里来看自己，感动都还来不及，哪有时间去失落呢？

谈话中，李云凯对军人这一职业的热爱在他的话语中表现得淋漓尽致。夏小枫听他讲他的哨所生活，讲他们几个兵如何打发寂寞，听得她一会儿笑，一会儿哭。

两个人就这样谈了一下午，一直谈到太阳下山，夜幕降临都毫不知觉。

可是现在李云凯病了，她却是最后一个知道的。

她发现有近一个月没有收到李云凯的信了，往常他是一个星期一封信的。

他回老家了？他转业去了哪个城市了？她甚至把最坏的可能都想到了，那就是他牺牲了。

在焦急的等待与猜测中，她终于收到了来自他们那个部队的信。

夏小枫急急地打开，却发现这不是李云凯写的信，而是他的战友小李写的。小李告诉夏小枫，班长病了，转到A市的S医院了。

S医院，不正是姐姐实习的医院吗？夏小枫虽然和姐姐说过自己有个笔友的事，但是从来没说具体的情况。

可是现在，她只能找姐姐问问清楚了。

夏小枫乘坐的火车在早晨六点多到了A市，天刚刚亮。小宇在出站口一眼望见了挂着焦急表情的夏小枫。

一路上，夏小枫问小宇李云凯的病情怎么样了，小宇则问夏小枫，她和李云凯到底是什么关系。两人断断续续地说。

小宇从来没有见过妹妹这么着急，还有一种伤心。特别是当她听到李云凯的病情很严重时，眼泪立即夺眶而出。

两人在医院门外的小吃店随便吃了点早餐。这时候七点多了，小宇是七点半上班。她告诉夏小枫上午都是集中治疗的时间，下午才能探视。

夏小枫想了想，悄悄对小宇说了句什么，两人相视而笑。

病房里，李云凯望着天花板发呆。他对血液透析的恐惧已经没有了，但是他现在开始惧怕死亡，透析是维持生命的办法，所以现在他对透析特别积极。

当两个护士一前一后进来，告诉他要去透析室了的时候，他冲护士笑笑，却发现小宇护士旁边的这个小护士似曾相识。

穿上了护士服的夏小枫俨然就是一个小护士，她冲他笑了，眼里却闪着泪花。

“李哥，我是夏小枫。”

“夏小枫，是你！”李云凯十分意外，他先是笑了，但是当他意识到自己现在的状态，忽然收敛了笑容。

他叹了口气：“谁告诉你我在这儿的？”

显然，他并不想让夏小枫知道自己病了，而且是病入膏肓。他希望留在她心中的永远是自己军人的英武形象。

他情愿让她认为他壮烈牺牲。她见到的是他的墓碑，而不是这样，见到病床上虚弱的他、无助的他。

夏小枫生气了："小李告诉我的，我有权利知道！你都病成这样了，你都不告诉我！我在你眼里是什么人呢？是陌生人吗？"

李云凯不说话，乖乖地任两个姐妹扶起他，把他送到透析室。

做血液透析的过程中，夏小枫坐在床边，握着李云凯的手，戴着口罩的她，眼泪一直在流。医生疑惑地看着这个小护士，奇怪平时护士都是面无表情，忙忙碌碌，这个小护士怎么这么激动，难道是她家亲戚？

（四）

李云凯结束血液透析后，小宇和夏小枫又把他送回了病房。

却在走廊上遇见了护士长。护士长一看夏小枫陌生的面孔，就叫住了她们。

"你是哪个学校的？今天转科吗？怎么也不报到？"血液透析科的护士长可能是看多了生死离别，对人冷冰冰的，对护士们也是凶巴巴的。

小宇立即跑到护士长身边，赔着笑脸："护士长，这是我妹妹，她在别的医院实习，今天来找我有事情，我又不想请假，就让她进来了。"

护士长的脸色阴转多云："啊，以后和我说一声啊！"

小宇本来以为夏小枫看到了李云凯就会回学校了。可是夏小枫却没说什么时候走，还一副伤心欲绝的样子。这让小宇十分担忧，难道，她喜欢李云凯？

晚上夏小枫在小宇的宿舍里有些神情恍惚，面对姐姐的追问，她也不再隐瞒什么。

"我是喜欢他，近乎崇拜的喜欢。"

她说这话的时候，想起的是他对她说，等她毕业了，就带她去他的边防哨所看看。他说那里的风景其实才美呢！

夏小枫知道那里是青藏高原。她看到过李云凯他们照的照片，他们脚下是绿色的草地，身后是蓝白相间美丽的雪山，而在他们身边，牛羊正埋头吃草，有的正好奇地望着他们，好像和他们是亲密的伙伴。

夏小枫故意问李云凯："为什么是毕业以后啊，我现在就想去！"

李云凯急了："不行，你现在可千万不能来。他们都知道我没有什么妹妹的。"

"那我毕业了你就有妹妹了？"夏小枫继续不依不饶。

"好妹妹，等你毕业了再告诉你！"李云凯最终还是把到嘴边的话咽了下去。

其实他想说的是，毕业了，她就可以做她的女朋友，他要娶她。

可是，这话原来没有说，现在就更不可能说了。

看着自己心爱的姑娘在自己身边流眼泪，可是自己却不能上前为她拭去眼泪，不能把她抱在怀里，安慰她。

李云凯看着自己因扎针而青一块儿紫一块儿的胳膊，失声痛哭。两张床的病房只有他自己，这是部队领导特意来医院指明要照顾的。

第二天上午，李云凯不需要做血液透析，他安静地躺在病床上，看护士为他扎上静脉针，输上药。不一会儿，一股倦意袭来，他闭上眼睛。

"李哥！"不知过了多久，他听到有人叫他。

他睁开眼睛，是夏小枫。他知道她会来的。

"我能不能不叫你哥了，我喜欢你，你知道的。"夏小枫深情地望着自己的"情哥哥"。

李云凯全身一颤，他努力平息着自己的情绪，缓慢地说了句让夏小枫感到意外的话："可是，我一直当你是我妹妹啊！"

说完这话，他不敢看她的眼睛。

"你说谎，你也喜欢我，我知道的。"夏小枫当然不相信。

李云凯不说话，心里只能感叹自己撒谎的水平太差。

"我知道，我毕业了，就可以和你在一起了。你说过的，带我去西藏。"

夏小枫一直在期待着毕业的那一天。

“可是，小枫，我就要死了，我不可能带你去西藏了。”李云凯说完这话的时候，终于失声痛哭。

“不，你不会死的，我查过，这种病还可以通过肾移植治的。”夏小枫看着对生命失去信心的李云凯，她的心在隐隐作痛。

他们最终没有实现一起去西藏的愿望。一个星期后，李云凯死于肾衰竭。

不过他离开的时候很平静。他握着夏小枫的手，轻轻地说：“我都不敢对你说我喜欢你，我怕你会嫌弃我，可是现在我知道你也喜欢我，我觉得我是世界上最幸福的人了。”

病房里的医生护士们，还有他的战友，都为之动容。

夏小枫没有像小说里一样，非要举行一个婚礼什么的。她知道，他要她好好地活着，找一个爱她的人，而不是抱着他的遗像终此一生。

小宇从没有见到如此悲伤的妹妹。她再也不是那个任性，撒娇，爱发脾气的小妹了，她长大了。她懂得了爱情，她拥有了爱情，有了爱她的爱人，却又失去了爱人。

这一切来得太突然了，当她和邵平说起这事的时候，邵平也感到意外。他好像想起什么，问了一句：“毕业了，你会和我去新疆吗?”

他们从放假回来就没有说起过这事，小宇愣在那里，不知道如何回答。

第三十三章　犹豫

（一）

小宇对邵平的问话没有直接回答。

“现在离毕业不是还有两个多月吗？让我再想想吧。”她低下头。

邵平却以为她在拒绝自己，想着最近大兵总是问他什么时候回新疆，还经常神秘地早出晚归。

他有些懊恼：“小宇，你不是喜欢上别人了吧？”

小宇对邵平这样说感到意外，但是转念一想，一定是大兵。

这一阵子大兵总是没事跑到小宇实习的科室，找机会和她聊天，问她毕业要去哪儿？

她不理他，他也不生气，惹得护士站的实习生们直起哄。

一定是邵平也知道这事了。

小宇心里十分委屈，别人不相信我，你也不相信我吗？

她一赌气，并不回答邵平，狠狠地瞪了他一眼，径直向前走。

她以为邵平会追上她，可是邵平这次并没有像往常一样。

他以为她这是默认了，他感到一阵心痛。

小宇走了一段路，发现邵平并没有追上来，心里由委屈变成了失望，眼泪就夺眶而出。

到了拐弯的路口，她回头看了一下，没有看到邵平，生气地加快了脚步。

这时候，却听到后面有人叫她的名字。

她一喜，是邵平吗？赶紧用手背擦了擦脸上的泪水。

再回头，却是“大兵”张浩。

张浩一如既往的笑容满面，医院里的医生护士和实习生们就从没有见过他生气。他的笑通常分为几种，平时在医院里见人就笑的那种笑是傻傻的笑；自己做了错事惹老师批评时还是笑，惭愧的笑；被表扬时害羞的笑；向别人吹嘘自家诊所生意兴隆，爸爸和爷爷医术高超时得意的笑。

而他对小宇是在不同阶段有不同的笑。刚开始见到小宇时他像发现了新大陆一样，脸上带着惊奇的笑；后来和小宇说话有些紧张，笑得也有些拘谨；后来是充满崇拜的仰慕的笑；再后来熟悉了每次见到小宇，他就像是孩子见到自己心爱的玩具一样喜欢得不得了的那种快乐的笑。

今天，他仍然没说话先是笑，但是很快他发现小宇的脸色有些阴转多云，看来是心情不好。

他心里开始着急，她怎么了？谁让她这么不高兴？不会是因为看到自己吧。

“谁惹你生气了？”他直截了当地问，有些愤愤不平的。

小宇更生气了，都怪大兵，要不是他总缠着自己，邵平怎么会生气，误会呢？

但是口上却还是要给人家留面子：“和你没关系，以后你不要这么关心我好不好，容易让人误会。”

“我是发自内心地关心你啊！总比只忙着实习，一个星期不见你的人好吧？”大兵是在说邵平对小宇的疏忽。

小宇更伤心了，邵平真是这样。自从放假回来，他干脆就住在医院里，也不经常找她了，难道他要放弃这份感情？

“小宇，邵平毕业就回新疆了，你不会跟着他去吧，那么远的地方，环境也不好。”大兵继续说着。

说得小宇的心更乱了，想到刚才和邵平的对话，眼泪就涌了出来。

“你怎么哭了？对不起，我说错话了。可是，我说的都是实话。”张浩叹了口气。

这条通往女生宿舍的街道刚刚被修建成水泥路，中间有花坛，两侧是人行道。

天气已经明显地暖和起来，人们不再急匆匆地赶路。小宇流完了眼泪，想想还是怪自己，自己怎么就下不了决心亲口对邵平说："我愿意和你一起回新疆。"

如果早这样说了，他也不会有那么多问题与想法了。

可是，她真的没有说这句话的勇气，她不敢给他什么承诺，特别是上次护理部主任找她谈话以后。在这家医院实习了大半年，科室的带教老师对她的印象都很好，她也对这里的工作环境和工作程序熟记于心了，如果毕业了能继续在这里工作，那多好啊。

可是，邵平怎么办？他为什么不能和她一起留下来呢？

越想小宇就越觉得烦恼。

"嗨，要不今天晚上我请你吃饭吧，就把我当你一个普通的朋友，别想那些烦心事了。"张浩满怀期待地望着小宇。

这时候他们已经走到女生宿舍的大门口了，小宇已经准备要走进门去，她刚要拒绝，却从侧面的视野里发现邵平正从远处走过来。

这不是弄巧成拙了？更难以解释了。小宇看着张浩，示意他向旁边看看，张浩傻傻地还不明白什么意思。

（二）

等他终于明白要他看旁边时，邵平已经走到他身边了。

"张浩，你今天说清楚，你干吗总缠着小宇！"邵平跟着他们走了一路，好几次都要冲上前去。

张浩见邵平气势汹汹的样子，也有些害怕。

不过他还是发挥他的厚脸皮的特点，先是笑，然后才开口。

"不对吧，我是看到你把人家惹哭了，我来劝劝。"

这下让邵平不知如何应付了，一时间也不知道再说什么好。

小宇心烦意乱，丢下两个男孩子，独自走进宿舍大门。

进了宿舍门，发现韩冬冬已经在宿舍了。

韩冬冬一直都很注意小宇和邵平，也知道最近他们联系得不多。而她在听小宇说了护理部主任说的事，也开始为自己的将来做打算，心思更多地放在了实习上。

韩冬冬一直很怀念在儿科实习的日子，心想要是能留在这家医院的儿科是最好的了。这份工作对她很重要，她一直盼望早点毕业。父亲自从和母亲离婚后，更加嗜酒如命，另外一个爱好就是打麻将，她其实非常不愿意回家，因为家里常常是烟雾弥漫，麻将声声。

但是她最放心不下的是弟弟，每次回家她都对弟弟问这问那。这段时间，因为想到毕业分配的事，再加上感情的困扰，回家也不爱说话了。倒是弟弟神秘地对她说了件让她十分意外的事。

韩冬冬的弟弟韩春伟已经十九岁了，个子也疯长到了一米八，稚气未脱的脸上已经开始长胡须了，弄得他好不烦恼。最近他认识了一个去他那里修车的女孩子并喜欢上了人家。

女孩子是坐在一辆奥迪 V6 的副驾驶的位置上，开车的司机是个年轻男孩子，这种车在这个中等城市还是不多见的。

女孩子扎一根马尾辫，十七八岁的样子，素面朝天却是清纯、文静，看上去不愿说话。司机先下来，迅速跑过来打开车门，她冲司机微笑了一下，露出两个深深的酒窝儿。韩春伟呆呆地看着她迈出一条腿，款款走下车。

"伙计，快点给看看，我们要去医院呢!"司机很着急的样子。

女孩子却说："没事儿，不着急，又不是什么急病。"

韩春伟学了一年修车，如今也算是个小师傅了。三五分钟后他就查出了车的毛病在哪里，只不过是换一个小小的零件。

女孩子在一边看着韩春伟专心地修车，其实他这次真是不能专心了。他对她充满了好奇，被她身上的气质深深地吸引，他甚至坏坏地想要不要给车子制造点小毛病，让她下一次再来修。

但是职业道德还是让他迅速修好了车。

女孩子一看并没有等多久，开心地笑了："谢谢你!"

韩冬冬听了弟弟的"一见钟情"的经历，不由得笑了。

"那你打算怎么办啊？你知道会不会再见到她啊?"

"嘿嘿，我也不知道。姐，我是想问你，你相信缘分吗?"韩春伟说了半天原来只是问这么抽象的一个问题。

韩冬冬不由得想起邵平，叹了口气："我，我也不知道。如果我遇见我爱的人并且和他在一起了，那我就相信有缘分这回事，现在不好说。”

小宇气呼呼地回到宿舍。韩冬冬作为好朋友，当然要问一下。

原来两个男孩子正在外面因为她而吵架呢。韩冬冬首先想到的是邵平不会出什么事吧，张浩人高马大的，如果打架邵平肯定不是他的对手。

她想了想就快步走出了宿舍门，果然看见邵平和张浩正在争吵着，很激动的样子。

她冲上去，大喊一声：“别吵了！”

两人都吓了一跳，一看是韩冬冬，都有些意外。

“邵平，我找你有点事，我们走吧！”韩冬冬不由分说地拉着邵平就走。

“邵平，你给不了她幸福的，你就放弃吧！”张浩望着他们的背影还不罢休。

韩冬冬一边走一边说话：“你干吗和他一般见识，万一他不讲道理打起来怎么办?”

邵平深呼吸了一下，也冷静了许多。但是并没有说话。

“你确定小宇毕业会和你一起去新疆吗?”韩冬冬并不是没有注意到邵平紧皱的眉头，但她就是想让他面对现实。

邵平扭过头看了韩冬冬一眼，有埋怨，然后就是茫然，还有一些委屈。

这让韩冬冬的心也跟着痛起来。

（三）

小宇一个人呆坐在宿舍里，忽然好想哭。这种举棋不定的感觉让她越来越苦恼。护理部主任的谈话更让她左右为难。

她打电话告诉了家里护理部主任找她谈话的事情。妈妈十分高兴：“不错啊，留在那里多好啊，离我们家也不远。”

爸爸却还想着邵平的事：“你和邵平怎么样了啊?”

这让小宇不知如何作答了，她支吾了半天，说：“我说服他也留下来吧！”

但是这几乎是不可能的事。邵平的倔强，加上他对家乡的热爱，打死他也不会留下来的。

小宇在试探性地问了邵平后，就知道根本没戏了。

那么接下来怎么办呢？

如今又半路杀出个程咬金，张浩这个厚脸皮的家伙，怎么会遇见他呢？小宇想到他就觉得又好气，又好笑。他这种滚刀肉一样的性格让人没有任何办法。

他虽然玩世不恭，但时间久了，她也能感觉到他对她是认真的。当他的热情遭遇她的冷漠，他依然故我的时候，小宇就有些歉疚了。

就好像对韩冬冬，她是她的好朋友，她当然也知道韩冬冬喜欢邵平，但是她不能把他让给她。但是想到有一个人正为这件事而痛苦，好像自己的快乐是建立在别人的痛苦上，她对韩冬冬也怀着歉疚。

韩冬冬不愧是她的好朋友，虽然那次争吵让两人都很不愉快，但过后她们还是和好了。还是一起去医院实习，中午一起吃饭，晚上一起回宿舍。

韩冬冬大咧咧的性格，好像压根忘记了她们争吵的事。甚至有时候还开玩笑："小宇，要是你不喜欢邵平了，你可一定要告诉我啊，那我就要追求他了！"

小宇听这话的时候心里很不是滋味，因为她对她和邵平的未来也是一片茫然。她并没有下定决心要和邵平一起回新疆。

而她只能笑笑："你别想美事了！"

小宇痛痛快快地大哭了一场。而后的事情着实让她意想不到。

那天以后，邵平忽然不来找她了，也没有电话。

她想打电话给他，但是想想，怎么能是我主动呢？生气了从来都是他主动来找我的。

她的自尊心让她倔强地不肯联系他。

但是在一个医院实习，难免会遇见，有时候是在电梯里，有时候是在医院的院落里。可是每次周围都有好多人，邵平只是看了她一眼，眼神分明写着痛。

小宇也看着他，更多的是埋怨。

而张浩，像是个甩不掉的影子，总是适时地出现在小宇旁边，笑眯眯地问这问那。

看着邵平失落地走远，小宇瞪着张浩，就差打他一个耳光了。

“张浩，你诚心让我和邵平分手是不是?”她质问他。

“我承认我的行为是有点不太光彩，但是真感情应该经得起考验啊!”张浩振振有词。

这句话正中小宇的软肋，让她无言以对，只能掉头就走。

而此时邵平的心情，只有他自己最清楚。

他喜欢小宇，却知道鱼与熊掌不可兼得的道理。如果要他在家乡的父母和小宇之间做一个选择，的确很难。

要求小宇远离家乡，又是自私的做法，就像他离不开他的父母，她也一样。

所以，他现在深深体会到小宇的痛苦其实并不弱于他。

一个人痛苦总比两个人都痛苦好，当他看到张浩对小宇的痴情时，他的心更痛了。

他开始站在小宇的立场上思考问题。张浩是顽皮了些，但本质并不坏，家境又好，如果小宇和他在一起，应该不会吃苦。而至于感情，分开的时候会心痛，随着时间的推移，一切都会淡忘了。

这就是邵平。他倔强，却又善良；他可以爱，也可以为了爱而不爱。看似矛盾，其实是另一种爱。就好像歌曲里唱的：“有一种爱叫做放手。”

但他知道小宇是不会轻易改变对他的感情，从她对张浩冷漠的态度就可以看出来。

所以邵平就只能也变得冷漠，像她对张浩一样。

离毕业只有两个多月的时间了。作为实习队长的他知道学校现在已经开始调动档案了，负责分配的教导处主任特意给他打了电话，问他想留下来吗?

面对这样的宠爱，邵平犹豫了一下。但还是回答老师：“我还是想回家乡。”

于是，他的档案被调到了家乡的人事局。最终他会去哪一家医院还不一定。他也想好了不必非要在家乡的大医院，他就要去基层最需要医生的地方。所以当家里人问他要不要找乌鲁木齐的亲戚帮忙过问一下他的毕业分配时，他说，“爸妈，你们应该记得爷爷的事情吧，我就要在离家最近的地方。”

（四）

邵平的爸妈一听到他提起爷爷，就沉默了，然后就接受了儿子的决定。他们又何尝不希望儿子就在自己身边，他们一起生活一辈子。

于是邵平和小宇的冷战就这样一直持续了半个多月。接下来就是“五一”了。

小宇想还是回家吧。在最孤独与无助的时候，最先想到的，就是家。

胡秋月最近回医院实习了，而且大家又开始看到她和郑家诚成双入对。四个女孩子里，就属她最幸福了。

李春天和方明这两个月还是在各自努力弥补着感情上出现的裂痕，心照不宣。但是一个很实际的问题出现了，方明的妈妈问他和女朋友相处得怎么样了，如果挺好的，就开始帮她办毕业分配的事情了，她得提前找院长说一下。

方明却开始犹豫了。他不介意自己不是李春天的初恋，但是心里一想到丁磊，就觉得很别扭。他心里知道自己对李春天的爱其实是比不了丁磊的。

而李春天现在带着愧疚的心情和自己相处，再没有了从前的无拘无束。就连她的笑，他也觉得变了味道。

他的母亲见儿子面露难色，就说：“我知道那个小姑娘，人看着挺温柔的，可是就是不知道她和你在一起是因为感情啊，还是为了留在医院呢？”

方明决定好好和李春天郑重地谈一下这件事。

李春天“五一”是没打算回家的，心里也想着利用这个长假好好陪陪方明，希望他们之间的感情能有一个质的飞越。

两人晚上去街心公园，方明没有像往常一样拉着李春天的手。一路上他的话也很少，不像往常。

两人坐在他们经常坐的长椅上，李春天想到方明第一次吻她就是在这里，也是一个晚上。月光下，他俯在她的耳边，对她说：“我爱你!”然后，就轻轻吻了一下她小巧的耳垂，让她觉得痒痒的，忍不住笑了。

方明的情话没有收到预期的效果，李春天笑着推开他，一边笑一边说：“讨厌，我最怕痒了。”

她好一阵儿才停止了笑，靠在方明的肩膀上，用她温柔的语调说：“能再说一遍你刚才说的话吗?”

方明这次不敢靠近她的耳朵了，想了想干脆吻住了她的唇。

李春天没说完话的半张的嘴就被他吻住了，柔软的唇，两颗心靠得更近了。

他们好久没有那样甜蜜地吻过了。今天，方明看了看李春天，抱住了她，两个人吻了好久。最后，方明慢慢放开李春天。

“我想问你件事，你一定要认真地回答我。”方明郑重地说。

李春天其实猜到他要问什么。在丁磊没来找她之前，她一直期待着这一天，她希望留下来，然后和爱自己，自己也爱的人在一起。

可是自从上次回家，母亲的离去，丁磊的追随，让她无法再像从前一样，痴迷于自己的感情。

这两个月里，她在矛盾中挣扎，选择留下与离开都是难题。无论怎样选择，势必要伤害一个。

原来她以为自己在外地上学，不经常见面，没准丁磊就会喜欢上别的女孩子的。丁磊的死心塌地，让她无法面对那样一颗真诚的心。

“你愿意留下来吗？永远不再和丁磊联系。”方明的语气有些愤愤不平的感觉。

李春天没说话，心里七上八下。

“我妈妈问我们的事了，她说如果你愿意，她就要去找院长说了。”

第三十四章　神秘女孩

(一)

李春天意识到事情的严重。是啊，想进好医院的学生都在通过家长找门路提前定好接收单位，然后和学校联系直接调动档案。

如果没有特别的情况，毕业分配就按照学生的户籍所在地统一分配了。像她，就要回广州。

现在的问题是她是否发自内心地愿意和方明永远在一起。此前方明也暗示过她，等她一毕业，他们就结婚。

在丁磊这件事上，李春天觉得方明表现得很小气，让她觉得他是个心胸狭窄的人。她开始怀疑自己到底是不是真的喜欢他。

就像刚才的吻，他吻得那么用力，让她的嘴唇都觉得痛了。她觉得他有点报复她的感觉，因为她的不忠诚，因为她的欺骗。

如果他们真的在一起，这个男人会不会动辄用她和丁磊的旧情来说事?

"我，明天回答你的问题吧。"李春天最后这样说。

韩冬冬从家里回来后，一想到弟弟说的神秘女孩子，就想笑。她见了小宇，聊天时就把这事儿说出来了。

"天啊，我弟弟居然都要交女朋友了，我却还是单身呢！太不公平了!"她噘起了嘴。

小宇笑了，心里也觉得好奇，这个女孩子难道是高干子弟，韩冬冬的弟弟能再见到她吗?

她对韩冬冬的弟弟有印象，那次他来医院找他姐姐了。据说小时候胖乎乎的。如今真是出落成一个高个子的阳光、帅气的小伙子了，和矮小的韩冬冬站在一起，不知道的以为他是哥哥呢。

大家也拿这事和韩冬冬开玩笑："真是奇怪了，你们是姐弟两个，差别怎么那么大呢?”

韩冬冬对此不以为然:“可能是基因突变!”

韩春伟自从见到那个女孩子后,就期待着两人能再次相遇。“五一”他们修车部是不放假的,来修车的顾客也不多。此时他就坐在修车部里发呆,手里拿着一样东西,是一条手链,女孩子们戴的那种金属的镶嵌彩色宝石的链子。

她如果注意到自己的手链丢了,会不会想到是丢在修车部了呢?这韩春伟也没有把握,但是他总算有点希望。就算她再也不来,他也算有个永远的纪念物了。

他的脑海中浮现那个女孩子的模样,白皙的脸,深深的酒窝,纯净的眼神。他学习上不行,但记人特别准确,只要是见过一面,再见到这个人,他肯定能认出来。同学们都说他的眼睛是照相机。

这个平时淘气的男孩子在学校里打架斗殴,险些被学校开除,所以在学校期间,女孩子见了他都躲得远远的。而晚熟的他也压根没想起欣赏哪个女孩子,更谈不上喜欢与追求了。

高中毕业后,他告别了骂他“没出息”的父亲,找到这家修车部,师傅教会他很多东西,不仅技术还有做人的道理。

师傅姓林,叫林虎。他告诉韩春伟,自己十年前也像他一样,是个毛头小伙,和人打架,不理智的他将尖刀刺进了对方的腹部,因此被判了五年有期徒刑。

他语重心长地对韩春伟说:“小韩,走上社会就算是你有理,但是也不能用打架这种方式解决问题,那是小孩子的做法。”

林虎刚出狱的时候,找不到工作。后来听说了这家修车部的老板就曾经是个囚犯,专门安排刑满释放人员。

因为有着相同的经历,他和老板谈得十分投机,于是就在这里修车,一干就是五年。如今他已经有了妻子、孩子。笑容满面的他让人无法和曾经的行凶囚犯联想到一起。

韩春伟渐渐明白了许多道理,明白自己已经不是个小孩子了。

他见到过林虎师傅的妻儿,妻子温婉,怀里抱着不满两岁的儿子,小家伙胖乎乎的,可爱极了。韩春伟见到她们忽然就想起自己的母亲。

小时候妈妈也是这样抱着自己的吧。原来和姐姐经常去看妈妈，后来妈妈的小吃店弄得不错，小吃店里面有一间屋子可以住人，妈妈就让他过来住。

他想想老爸天天就知道打麻将，还经常教训他。看到在店里忙前忙后的妈妈，苍老了许多。他觉得自己应该照顾她，保护她。

最后他不顾老爸的叫骂，收拾行李搬到了妈妈这里。

（二）

他妈妈开的小吃店生意兴隆。她本来希望儿子和自己一起做，但是又想想一个男孩子，应该做点更像样的生意。

看到儿子个子已经高过了自己大半个头，心里高兴极了，孩子长大了。

她开始关心儿子的个人问题，暗示他可以找个女孩子谈恋爱了。

韩春伟这时候才幡然醒悟，是啊，觉得生活太平淡了些。

妈妈说："小伟，妈也不用你帮忙干活，年轻人天天待在屋子里可不行，找个女朋友，出去转转吧！"

她现在唯一的心愿就是让儿子找一个好女孩儿，成家，她才能放心。

至于女儿，今年也要毕业了，护士找工作还是很容易的。就算大医院进不去，小医院也行啊，反正一个女孩子，有份稳定的工作就可以了。

而那个神秘女孩子的事，韩冬冬和妈妈聊天时拿来当取笑弟弟的材料了。

妈妈听了皱起了眉头，"这怎么像是听故事啊，像电视里演的。"

"儿子，这也太没谱的事儿了，她是谁，她的家庭，她这个人怎么样，你什么都不知道啊？不可靠，还是哪天妈让街坊邻居给介绍个知根知底儿的女孩子。"

韩春伟不置可否。想想也是，能不能再见到女孩子都不一定呢？

没想到妈妈的办事效率真高，立即安排了韩春伟的第一次相亲。

对方是邻居同事家的女儿，也是高中毕业，在移动公司做文秘呢。

移动公司是个好单位，工作轻松，工资又高。能进移动公司的都是有些背景的，据说女孩子的叔叔是移动公司的一个部门主任。

邻居描述女孩子个子不高，长得很秀气。然后对韩春伟的妈妈说："你看你家的经济条件也不是很好，还不知道人家同不同意呢！"

韩春伟其实很不情愿去相亲。他心里想的，都是那个女孩子，总觉得他们会再见面。可是妈妈的一片苦心，肯定不能让她生气。

两人见面的地点就是移动营业厅附近，因为女孩子就在那里上班，正好下了班来见面。

韩春伟在移动公司的门口来回踱步，不时向里面望一眼。

时间是下午五点，是她们的下班时间，女孩子们陆续出来，但是她们都是看了他一眼后就继续向前走了。

大约走过去了十个女孩子，当然也有男士，不过韩春伟只关心女孩子。

却还是没有人向他打招呼。他有些懊恼，心想不会是人家又不想见了吧。

正想着，却听到一个温柔的声音："请问你是韩春伟吗？"

他转身，回头，看见一个女孩子正对着他微笑。

他一愣，女孩子也看清了韩春伟的脸，也愣住了，随即两人都笑了起来。原来这个女孩子就是他期待见到的那个坐奥迪的女孩子啊。

女孩子很显然对韩春伟的印象很深。她马上意识到这次见面已经不同于上次，他们是在相亲啊，立即脸红了。

（三）

韩春伟惊喜不已，女孩子回头向移动营业大厅看了一下，发现有人在向她这边张望呢，就有些不好意思了，轻声说："咱们边走边聊吧！"

韩春伟立即明白了，两人就走到了马路边上的人行道上。

韩春伟想到了上次的初次见面："没想到你还记得我！"

"嗯，我也不知道怎么就记住了。"女孩子笑了，笑得有些害羞。

“我叫韩春伟，还不知道你叫什么名字呢?”韩春伟想这次见了面可要和她保持联系。

“我叫陈蓉。”她答道。

春天的夜晚来得晚，所以这个时间正是夕阳西下的时候。韩春伟忽然想到什么：“不如我们去江畔看夕阳吧，很美的!”

他小时候经常在江边玩，深深记得夕阳西下时天空的七彩云霞与大江相映生辉的壮观景象。而能和自己喜欢的女孩子在江畔散步，是很浪漫的事情吧。

陈蓉高兴地答应了。

江畔的风有些大，好在有夕阳的照耀，温度并不是很低。天边的红色云霞让人的眼睛感受到强烈的视觉冲击。眺望江面，江水东流，江中的小岛依稀可见。画面是美丽的，韩春伟之前从来没有特意去欣赏这种美丽。而现在，和一个女孩子一起欣赏这景色，当然无比惬意。他心里想对她表白一下自己对她的喜爱之情，想对她说些甜蜜的话。

但是他又怕自己会吓到她，她相信一见钟情吗?

于是两人都沉默不语。

最后还是女孩子打破了沉默。

“我其实经常一个人来这里。”陈蓉说。

“一个人，那是怎样的感觉呢?”韩春伟听到陈蓉的声音里有一种忧伤。

“我心情不好的时候就一个人跑来这里，找个没人的地方，哭一下，喊一下，感觉会好一些。”没想到这个青春靓丽的女孩子也有自己的烦恼。

“那你今天心情怎么样?”韩春伟显然不愿意陈蓉去想不开心的事情。

“今天，我心情特别好!”陈蓉果然开心起来了。

韩春伟拿出了陈蓉丢在他那里的手链，他一直带在身上，希望哪一天在街上遇见她。

“这是你丢在我们修车部的吧，物归原主了。”韩春伟把手链举到陈蓉面前。

陈蓉一愣，随即笑了："原来丢在你那里了，我一直找不到它。"

她接过手链，想要戴到手腕上，可能是一只手戴的缘故，怎么也戴不上。韩春伟说："我来帮你戴吧！"

然后不等她回答，就两手一起，迅速地把手链的两头接好。

陈蓉的脸立即红了。长这么大，可没有男孩子给她戴过手链啊。

韩春伟给陈蓉戴好手链后就马上把手拿回来了。他自然也发现陈蓉的变化，心里暗自甜蜜着。

心想要不要对她表白呢？一向做事果断甚至有些冲动的他现在忽然举棋不定了。

还是不要太直白了。

"听说你妈妈和我们家邻居是同事。"韩春伟这样说。

"是啊，那个阿姨我见过，她对我说了你，不过不知道我们之前还有一面之缘。"陈蓉笑了。

"她是怎么对你说我的啊？"韩春伟很好奇，不知道别人眼中的他是怎样的，要知道曾经的他可是个淘气的孩子。

"嗯，不告诉你！"陈蓉调皮地笑笑。

真是个单纯的女孩子，那毫不设防的样子，那纯净的眼睛，现在这样的女孩子不多了。韩春伟越想越觉得自己真是太幸运了，遇见了一个好女孩。

"陈蓉，你知道吗，上次见到你就对你印象特别好，就想着能不能再见到你呢？我们真有缘分，果然又见面了。"说这话的时候，韩春伟一直在看着陈蓉的眼睛。

陈蓉当然也看到他眼中特别的光芒。凭着女孩子的敏感神经，她感觉到了他喜欢自己。而她自己呢，她也说不清楚，反正也不讨厌他。他的样子也算得上英俊、阳光帅气的那种，虽然听李阿姨说他小时候很淘气，但现在看上去很稳重呢。

特别是他刚才的一番话，他随身带着她丢失的手链，这让她十分感动。她甚至想，这是不是上天的安排呢，安排他们再次见面？

"你怎么不说话啊？"韩春伟感觉到陈蓉有些走神，心想她不会是听了我的话有点陶醉了吧。

“我在听你说呢！”陈蓉只是笑。

“那我以后可以找你玩吗？能告诉我你的电话吗？”韩春伟想这次可不能再让她失踪了。

神秘女孩子将会是他的女朋友了。

（四）

韩春伟回到家时已经是九点钟了，因为他请陈蓉共进了晚餐。

陈蓉吃饭时一小口一小口地吃，十分淑女。弄得韩春伟也不好意思像平时那样狼吞虎咽了。“秀色可餐”，他发现自己光是看着这个羞涩的女孩子，听她温柔的声音，看她调皮地笑，就已经足够了。

所以到家他第一件事就是冲进厨房，找吃的东西。

他妈妈见儿子这么晚回来，心想应该是谈成了，要不然早回来了，心里也暗自高兴。她只见过那女孩子的照片，本来是想和儿子一起去见这个女孩子的，可是邻居立即笑她：“这都什么年代了，恋爱自由你懂不懂，只要你儿子喜欢，你还能拆开人家是怎么的？”

她想想也是，现在见儿子一脸的笑容，心想女孩子应该不错。

“儿子，李阿姨介绍的那个女孩子怎么样啊？”

韩春伟一边往嘴里吞饭，一边含糊不清地说：“好！”

他咽下一大口饭，暂时放下饭碗，表情神秘地问：“妈，你知道她是谁吗？我认识她！”

“啊？认识，难道是你的高中同学？”他的妈妈问，心想不会这么凑巧吧。

“不是，她就是我上次和你们说的那个去我们修车部的女孩子。”

韩春伟得意地说。

他妈妈一愣：“嘿，还真有这样巧的事儿！”

然后，她又想了想，自顾自地笑：“我就知道我儿子运气好！”

晚上九点，宿舍。韩冬冬和小宇还在挑灯夜战背护理练习题呢。五月十二号的国际护士节医院要组织全体护士开展一年一度的技术表演赛。今年和往年不同的是实习护士也参加比赛，因为起点不同，医院的护士一起比，各院校的实习护士进行比赛，分别评选出一、二、三等奖和团体奖。

胡秋月似乎不关心这件事儿，她干脆说自己根本不会报名参赛。李春天因为和方明的事正烦着，也没有心思参加比赛。

此时两人都早早睡了。

这时候电话响了。韩冬冬接起电话，是她弟弟打来的。

“姐，告诉你件事。”韩春伟喜滋滋的。

韩冬冬好久没听到弟弟这么兴奋了，因为从前他总是闯祸，找她帮他和爸妈说情，总是愁眉苦脸的。

弟弟长大了，她自己也跟着高兴起来；“什么事啊？发工资了？”

她这个当姐姐的自从弟弟上班后，没忘记适当的时间宰人家一顿。谁让以前在家里她当姐姐的处处让着他呢？现在也该是他回报的时候了。

因为姐弟两个感情一直很好，她更怕走上社会的弟弟会被坏人带坏。经常督促他，甚至去他的修车部看他都和什么人在一起。

“姐，我告诉你，我又见到我说的那个女孩子了！”韩春伟的声音透着激动。

韩冬冬想起来上次他说的那个一面之缘的女孩子。

“怎么见到的啊？”她也好奇得很。

“就是咱妈安排我相亲啊，相亲的对象就是她啊！”

真是太巧了，韩冬冬吃惊地张大了嘴巴，心里也为弟弟高兴。

“那你可要好好珍惜啊，哪天把她约出来咱们一起吃个饭，让姐给你把把关。”她还是不忘记宰人家一顿饭。

“没问题，等我这月开工资。”

从此韩春伟几乎每天都要给陈蓉打电话或是两人一起出去。

他也知道了陈蓉的爸爸是S医院的医生。

“真巧，我姐姐就在她们医院实习呢！”韩春伟听了立即脱口而出。

两人又都笑了，看来这个世界真得很小，绕来绕去原来大家都认识。

“我姐姐还说想看看你呢!”韩春伟想着什么时候安排这顿饭。

两个人从最开始不知谈什么好，到后来熟悉了什么都聊。从小时候的事儿到上学，再到工作，好像有说不完的话。

韩春伟一直很好奇陈蓉这么温柔文静的女孩子应该学习成绩也不错的，怎么没考大学呢?

但是他还是不敢问，怕伤了人家自尊心。

一起散步久了，陈蓉就显得疲惫不堪了，喘气也不均匀起来。

“咱们找个地方坐一下吧。”看她的面色都有些白了。

看来她的体质不太好啊，韩春伟越发怜惜起这个弱不禁风的女孩子了。

第三十五章　技术表演赛

（一）

国际护士节这天，S 医院的护士礼仪及技术表演赛如期举行。

韩冬冬和小宇是她们医学院护理系派出的五个参赛队员之一。另外五个医学院校同样是每个学校五名。然后在这三十名选手中评选出全能一等奖一名，二等奖两名，三等奖三名。还有每个单项奖的一、二、三名。

S 医院的大会议室里此时十分热闹。比赛还没有开始，参赛的各科室的代表队陆续来到，只见护士们的护士服都焕然一新，化了淡妆的护士个个神采飞扬。

主席台上的评委依次是业务副院长，护理部主任，护士长代表。

小宇今天也穿了新的护士服，是学校为了支持她们参加比赛特意发的。她和韩冬冬互相看了看，都对彼此的形象挺满意的，然后会心地一笑，做了个成功的“V”形手势。

可是紧张还是在所难免。领导讲完话后，比赛正式开始，先是抽签分组。小宇居然抽到了第一组的第一号，她的心立即狂跳起来。如果排在后面还能看前面的人如何表现吸取经验、教训，可如今自己成了第一个，只能给别人当参考了。

想着想着，她的手心里全是汗。比赛马上开始了，第一项比赛内容是护士礼仪，分为单人和集体表演。

还是抽签。小宇看着面前的护士长，是她在妇产科实习时候的护士长。此时她正微笑地看着小宇，示意她从她手中的信封中抽取题目。

小宇手微微发抖，抽出了一张纸。妇产科护士长把对折的纸打开，然后大声念出题目：“请表演护士的站姿、坐姿。”

还好，并不是很难的题目。小宇自认为自己在这方面还是做得很好的。她平时就是个文静的女孩子，不像妹妹夏小枫那样风风火火的。于是在护士长说了一声“开始”后，就从容地走到比赛场地上，开始表演。

轻柔的音乐中，解说员适时地配上解说词：“护士的站姿应该是自然站立，显示出礼貌、稳重、端庄……”

当小宇挺直上身，两腿并拢，安静地坐在椅子上，目视前方时，她看到对面观众台上的护士们都投来赞许的目光，她紧张的情绪渐渐平息下来。

“好，一号选手小宇的表演结束。”妇产科护士长宣布。

台下响起一阵热烈的掌声。

小宇不知道自己是怎么走下来的，好像心思还停留刚才的时刻。那一刻她的心里是激动而自豪的，她知道自己会是一个好护士。

同学校的其他几个选手都凑到她面前，韩冬冬不无羡慕：“小宇你表现得太好了，给我们学校来了个开门红啊！”

小宇的班主任李洁也来了。她长得十分漂亮，头发向后梳过去，额头就露出明显的“美人髻”，加上她的大眼睛和文静的气质，有点古典美女的感觉。

李洁虽然是她们的班主任，但并不教护理课程，而是教生物化学的。她平时并不经常来班上，有她课的那学期才能稍微多见到她几次。

学生们倒是经常在校园里见到她，有时候是一个人，有时候是她和她的爱人。一个戴眼镜，看上去年龄大李洁许多，脑袋已经有些秃顶的男人。

学生们私下里谈论起她们的老师李洁时，十分不理解，怎么这么个漂亮的女教师找了个看上去这么不般配的人呢？

时间久了，有好事的学生打听到，原来此人是一位医学博士，很有名气。

今天李洁来观看比赛，真是让人想不到。

她看到自己班的学生表现得这么出色，博得满堂喝彩，就走到小宇跟前，笑着对她说：“表现得不错。”

倒是有点受宠若惊。平时班主任都没和她说过话，她甚至怀疑她知不知道她的名字。

韩冬冬抽到的是“如何拾掉地上的笔”。

道具笔放在场地中央地面上，韩冬冬走过去。她左手拿着一本病历，只能用右手去拾笔。

规范的要求就是护士要下蹲，双脚前后分开。

韩冬冬是蹲下去了，可是紧张的她蹲的位置有些不对。

（二）

她走得很快，过了那支笔的位置。于是她只能把右胳膊向后去够那只笔。这样一来，她的姿势就很难看，脖子向后扭，两脚似乎也不稳，惹得台下观众直发笑。

结果分数打得很低。韩冬冬走下来，一个劲儿地自责：“唉，我走得太快了！”

“要是再让我走一次就好了！”她不无惋惜。

“没事儿，还有其他项目呢！”小宇安慰她。

比赛是在星期六。好多其他专业的实习生也都来了，为校友加油。

邵平和大兵此时也在观众之中。邵平只是安静地看，大兵张浩却是一边看一边说，发现什么问题还要和邵平交流一番，邵平只是点头应着他，心里却很烦。

大兵悄悄对邵平说：“你看小宇今天好漂亮啊！”

邵平看看大兵，白了他一眼。

护理部主任坐在评委席上认真地观看实习生们的表现。她要从中挑选出优秀的实习生充实护理人才队伍。

小宇的名字她记住了，心想这是个好苗子。

（三）

再看护士们的表演，护士的比赛和实习护士的比赛是同时进行的。

急诊科和手术室、外科的护士在速度上明显占了上风，动作干脆利落，赢得阵阵掌声。

急诊科的参赛护士中有一个格外出色，她梳着齐耳短发，圆脸，肤色白皙，由内到外散发出一种自信、热情的气质使她看上去十分美丽。

她就是小宇在急诊科时的带教老师张娜。

原来的急诊科护士长刚刚辞职出国了，护士长的职位就空缺了，而这次护士节还有一个节目就是竞选护士长的演讲会。每两年S医院有会做一个护士长岗位调整，所有的护士长重新竞争上岗，通过理论考试、技术比赛，及民意测评，建立新一届护士长队伍。把工作表现差、民意调查结果不佳的护士长调离护士长职位，选拔更优秀的护士做护士长。

在急诊科，如果论业务水平，非张娜莫属了。急诊病人遇到操作难度大的，别的护士屡屡失败，可只要张娜去了，一定成功。无论面对多么危重的病人，都是那么从容，一点也不紧张。

而她的缺点，就是性格太直率，说话常常不给人留面子。见到别的护士工作中有什么错误了，马上就指出来，弄得大家背地里都说她多管闲事。本来嘛，护士们说你又不是护士长，不就是比我们技术强点吗，也不用看不起人啊。

但这次比赛中她完美无缺的表现，为科室争了光，姐妹们还是在台下使劲儿地为她鼓掌。

再说小宇这边的比赛，最后一项是静脉输液。

小宇拿针的手不由自主地开始颤抖。

躺在床上的实习生看着小宇的手发抖，轻轻说："没事儿，我血管多清楚啊！别紧张，就像平时一样。"

她的鼓励让小宇稍稍松了一口气。她深呼吸，尽量让自己的手稳下来。

扎止血带，消毒皮肤，再次排气，进针，见回血，松开止血带，打开输液器调节钮，调整滴速。

一套程序下来，小宇的手心全是汗，不，应该说是全身都出汗了。

不管怎样，程序没有出错，一针见血，穿刺成功。

另一个医学院的学生和小宇同时操作，速度比小宇慢了些。当小宇举手示意操作完成后，她更加慌乱了，忘记了把“病人”手腕上的止血带松开。

她和小宇在得分上有了很大的差距。

小宇她们学校的学生们听到分数以后，立即鼓起掌来。邵平和张浩也在鼓掌。

张浩却发起了牢骚：“你说咱们医生怎么不也搞个技术表演赛呢？你肯定能拿奖！”

旁边有人在笑。

几个熟悉张浩的小护士逗他：“那你们医生比什么啊？”

张浩想了想：“要是外科医生就在手术室比吧，两个一样的手术，看谁先做完！”

更多的人笑了。

（四）

护理部主任张爱玲看到急诊科护士张娜的精彩表现，也露出了笑容，赞许地点了点头。

其实她挺喜欢张娜的，凡是工作表现出色，勤快，技术好的护士她都喜欢。虽然张娜的脾气差了点儿，但是她对病人向来是十分尊重的。

急诊科的护士其实经常被病人和病人家属投诉，有的护士因为被投诉的次数太多，不得不调离了急诊科。而张娜从来没有被投诉过，还经常有表扬她的。

张爱玲心里想，明天就是竞选护士长的演讲会，看看这个张娜明天表现怎么样吧。

而想做急诊科护士长的，并不只有张娜。

所以，住院部的优秀护士们都看好了急诊科护士长这个职位，一是最锻炼自己，从急诊科出来，基本上在其他科室工作起来都是小儿科了。还有深造的机会，医院领导、护理部向来重视急诊科，有进修、出国学习的机会都会优先考虑。

中午休息时间是一个小时，下午一点钟继续比赛。医院的大餐厅里比往常热闹了许多，大家都在谈论着上午的比赛。

小宇和韩冬冬面对面地坐在一起吃饭。看上去韩冬冬胃口不好，吃了两口米饭就开始说上午的比赛。

“气死我了，我怎么会表现那么差呢？走路都走不好。”她几乎要哭出来了。

小宇一想起当时韩冬冬滑稽的样子，就忍不住笑了。

“你还笑，幸灾乐祸是吧！”韩冬冬看小宇笑她不高兴了。

坐在旁边的张浩插话了：“韩冬冬，你自己看不见啊，别提你上午的样子有多难看了，大家都在笑啊！”

韩冬冬放下筷子，跳了起来，跑到张浩面前照着他的胸前就是一拳，张浩当然也不是头一次挨打了，立即捂住胸口做痛苦状：“唉哟，又欺负人了！”

“我从来不欺负‘人’！”韩冬冬昂首挺胸回到座位。

小宇笑完之后，还是要劝一下韩冬冬：“下午还有心肺复苏操作比赛，把握好最后的机会啊！”

下午的比赛只剩下心肺复苏术了。上午的比赛结果大家已经知道了，几个单项奖都已经产生了。小宇在礼仪比赛单项上得了第一名，她们学校的另一个实习护士夺得了静脉输液操作的第二名。医院护士的比赛中，张娜居然得了两个单项第一名，一个是静脉输液操作，一个是无菌技术操作。

下午的心肺复苏，每个科室或每个学校派出两名护士，在模型上操作，一人实行心脏按压，另一人实行人工呼吸。

小宇和韩冬冬被抽到了，她俩相视一笑，真是好朋友啊，比赛都被抽到一组。

她们俩商量了一下，决定由韩冬冬负责人工呼吸，小宇负责心脏按压。

心肺复苏术中心脏按压与做人工呼吸的次数之比为15∶2，以往比赛就出现过因紧张数错了数，这边没按完，那边就吹上了。

裁判说：“开始!”小宇和另外一个学校的实习护士同时开始了。

“一，二，三，四……”小宇在心里默念着。她想起了在急诊科抢救病人的情况，那是一个因电击心跳骤停的病人。

医生在做胸外心脏按压，小宇的带教老师张娜做人工呼吸。

小宇看到医生护士们都急得额头和鼻尖渗出了汗珠，自己也跟着紧张。

整套操作结束，小宇出了一身汗。掌声响起来。

比赛全部结束后，分数打出来了。急诊科又是第一名，而小宇和韩冬冬也是第一名。

小宇和韩冬冬都笑了，她们看到张娜也在向她们看过来，挥手示意。

技术表演赛圆满成功。韩冬冬说：“小宇，今天晚上咱们去饭店吃饭，我请客!”

第三十六章　竞选护士长

（一）

小宇和韩冬冬得到的奖品是两件很大的毛毯，两人各拎一个，走起路来都觉得有点吃力。

两人走到住院处门口时，发现张浩和邵平正站在门口。

邵平走过来把手递给小宇，示意她把毛毯给他。张浩似乎也想过去，这时候韩冬冬生气地喊："谁帮我拿啊？"

然后就看着张浩，张浩嘀咕着："刚打完人家还想让人帮你！"

"晚上是不是应该有人请吃饭啊？"张浩看韩冬冬。

"是要请，可没说谁都请啊！男生不在被请之列！"韩冬冬白了他一眼。

张浩一听，故意把毛毯往韩冬冬怀里放："那我可不拿了，你自己拿吧！"

"行了，别闹了，我请！"邵平说话了。

上午，医院的大会议室，昨天的技术表演赛的热闹气氛已经变成了严肃而紧张的气氛。主席台上方悬挂着红底黑字的横幅："S 医院聘任护士长竞选演讲会"。

医院除了留下各科室必备的值班人员，几乎全都来了。

实习生们可以自由参观这次活动，小宇和韩冬冬两个人早早就来了。

昨天晚上一起吃饭，邵平和大兵都喝了酒。喝到最后两人明显都有点神志不清了，说话也不着边际。

张浩拍着胸脯："你们毕业了，要是工作不好找，就去我家诊所啊，我保证你们的工资绝不比大医院少！"

"闭上你的乌鸦嘴，技术表演赛拿第一的护士能去你家小诊所吗?”韩冬冬又要上前打人家。

邵平说起话来也是口齿不清了:“去我们新疆,带你们去看草原,吃葡萄、哈密瓜!”

小宇望着邵平,尽管他的眼神有些迷离,但是她感觉到他深情的目光。

今天她拿了奖,可是,小宇却只有短暂的喜悦。她面对他的时候,分明感到一种压力。

她越是表现出色,越有机会留在S医院;他,就会越痛苦。

昨天晚上邵平送她们回去的时候,问她今天有没有时间和他一起出去玩。他们已经好久没有单独约会了。

可是,她想到今天的护士长演讲会,她的心就慌乱不安。她好羡慕那些优秀的护士姐姐们,她怎么能错过这样的机会呢?

听小宇说要去医院参加护士长演讲会,邵平张口想要说什么。但还是什么也没有说,带着失望表情,离开了。

报名参加护士长竞选的护士包括原来的各科护士长,一共30名,确定20个作为各科室的护士长。小宇其实最关心的是张娜。这些带教老师中,她觉得张娜对自己最为关心。她觉得张娜和自己在某些方面有些像。

“第一个演讲的是,普外科李琳!”

听到这个名字,小宇一愣,李琳也是她的带教老师。她参加过一次竞选,但是失败了,有人说是被一个领导的儿媳顶替了,李琳为此大病了一场。

(二)

李琳今天化了淡妆,看上去更漂亮了。她十分擅长演讲,但是今天的演讲意义重大,所以,她显得有些紧张。

但她想到两年前的那次失败,心里就充满了力量。不管成功与否,她热爱护理事业,她想做护士长。

上次竞选失败后相当长一段时间里,她很失落,失败是一个在她的心头抹不去的阴影,让她陷入无边的黑暗当中。

应该说是她运气不好，谁让她和医务科主任的儿媳在一个科室且竞争同一个职位呢?

"尊敬的各位领导，护士姐妹们，今天，我能够站在这里参加护士长的竞选，大家可能觉得有些意外。可能大家都知道两年前我失败了。但是我想告诉大家的是，我不害怕失败，如今的我无论是从心态上还是技术上，都有了进步。无论今天是什么样的结果，我都不会失落，因为，我知道自己是一名优秀的护士。"

这段开场白，让在座的领导和护士们都十分有感触，大家给了李琳一阵热烈的掌声。

李琳演讲结束的时候，会议室里再次响起了热烈的掌声。

李琳也流下了激动的泪水。

小宇和其他护士一样，被李琳的演讲深深地吸引了。那些都是她们工作中发生的事情啊，好像电影一样，一幕幕浮现在眼前。

张娜的演讲同样精彩。

"那天我值夜班，忽然传来一阵急促的脚步声。我急忙跑出办公室，只见一个病人被家属背着正急匆匆地向我走来，是一年前来过的患有过敏性哮喘的八岁男孩于超。孩子嘴唇都紫了，呼吸急促。

我立即叫来值班的王医生，把孩子送到抢救室，吸氧，建立静脉通道，用药。我尽量准确而迅速地操作着，因为我知道，时间就是生命。

经过抢救，孩子的呼吸渐渐恢复了正常，口唇也变得红润了。孩子的爸妈激动得哭了，一个劲儿对我们说谢谢。

把生命从死亡线上拉回，这是多么神圣的使命，我为我是一名护士而感到骄傲和自豪!"

(三)

这次竞选，李琳成功了，被推选为普外科的护士长。而张娜却失败了。

护理部主任宣布新一届护士长名单时已经是下午五点钟了。这次竞选，原来的护士长大部分都是继续任职，竞选对于她们来说是对她们过去工作的考核与监督。只有少数因为工作能力不够而被免职了。

宣布的时候，张娜挺了挺胸，坐得更直了，嘴角有一丝微笑，她的梦想就要实现了。

可是从护理部主任张爱玲口中说出的名字却并不是张娜，而是另外一个护士谢茹。一名妇产科的护士，技术过硬，曾经在市里护理技术表演赛上拿过奖。

张娜脸上的笑容凝固了，继而低下了头。失望与委屈让她不一会儿就泪流满面。

旁边的护士看到了，劝慰她："别这样，咱下次再竞选！"

可张娜的心情她又怎能体会，张娜其实想到了，自己业务水平没得说，一定是民主测评时丢分了，同科的护士都疏远她，背后里说她傲气。

张娜觉得自己好失败，她站起来，走出了会议室。

小宇很想跟上去，安慰她一下。可是看看旁边，护士们都在听主席台上领导的讲话。

她只能叹了口气。

张娜回到科室，正准备换衣服回家。忽然急诊室的大门外冲进来三个人，男的背着一个孩子，女的在旁边哭喊着："大夫，护士，快来看看我儿子！"

天啊，居然又是于超，那个有过敏性哮喘的孩子。值班护士是去年刚参加工作的小赵，本来是不会安排新护士独立值班的，因为今天有护士长竞选活动，就暂时安排她值班。

小赵被吓傻了，呆住了："快开抢救室的门，准备氧气！"张娜看到发呆的小赵，又气又急，就推了她一把。

小赵明白过来，立即迅速打开抢救室的门。

值班医生也闻声赶来了，由主班医生负责指导抢救，张娜和小赵进行分工，以争取抢救时间。

和上次一样，但这一次显然比上一次严重许多，过了二十分钟，他的哮喘才减轻了。

这时候，会议结束了。

当急诊科的护士们围着新的护士长谢茹回到急诊科时，发现抢救室里有人，才知道刚刚结束了一次抢救。

张娜这时候已经换好了衣服，准备回家，正迎上她们。护士们的说笑戛然而止，气氛有些尴尬。

张娜勉强笑了笑，向大门外走去。

而小赵跑上来，她指着抢救室里的病人："刚才抢救了一个过敏性哮喘病人，幸亏有张姐在!"

护士们面面相觑，然后各自走开了。

在对张娜的民主测评问卷里，急诊科的护士在"团结同事"一栏里划的几乎都是"差"。

张娜平时除了工作，几乎不怎么和她们讲话。

她们私下里也听说了，张娜的婚姻很不幸，她已经离婚两年了。可能是这个原因，张娜的脾气有些古怪。

但是没人喜欢古怪的人，更别说让她当自己的领导，管着自己了。

（四）

小宇和韩冬冬走在回宿舍的路上，心里有好多感触。

"你说张娜怎么没选上呢？她表现得多出色啊!"韩冬冬为张娜打抱不平。

小宇却想到了毕业分配。从表现、成绩来看留在这家医院应该没问题。

李春天这几天总是皱着眉头，好像是和方明出了些问题。

自己愿意留在 S 医院吗，或者说愿意留在这个陌生的北方城市吗？

怎么和爸爸说呢？

李春天告诉方明，她这两天给爸爸打电话，征求一下他的意见。

方明叹了口气，他预料到事情会是这样。

"如果你爸爸不同意，那你打算怎么办？"

"我，我不知道。"李春天在方明的逼问下却想逃离了。

她挣脱方明的怀抱，说要回宿舍了。

小宇和韩冬冬回到宿舍，发现李春天和胡秋月都在。李春天正在抹眼泪，胡秋月似乎是在安慰她。

“怎么了，李春天？谁欺负你了，咱们找他算账去！”韩冬冬一副找人拼命的样子。

李春天只是哭泣，并不回答。

“她爸让她毕业就回家。”胡秋月简短地回答。

毕业分配对胡秋月来说已经不重要了。她压根就没想找什么人，走什么后门，分哪儿就去哪儿，反正最后她还是要离开。

她已经决定要报考北京电影学院的研究生了，并且开始搜集材料备考了。

这件事在没有成功之前，她决定不让任何人知道，甚至家人。大家都以为她打算告别拍广告的生活，回归正常，安心做一个护士了。

“回杭州也没什么不好。”

当然，如果李春天回杭州，那她和方明可能就要分手了。

当小宇想到这儿时，立即意识到自己说错话了。

“再试着说服你爸爸吧！”她又改变了语气。

心里又想到自己和邵平，不免烦恼，就躺到床上，不再说话。

张娜辞职了。

这件事并不意外。张娜没有当上护士长，对她来说是一个很大的打击。

小宇和韩冬冬在护士站里听着大家的谈论。小宇心里有些失落，张娜老师会去哪呢？

第三十七章　如果爱

（一）

晚上八点钟的时候，李春天在宿舍外面的话吧里给她的爸爸打电话。

“爸，是我。”她好久没有给他打电话了，只知道他和丁磊的姑姑相处得很好。因为丁磊经常给李春天打电话。

李春天的爸爸李明接到了女儿的电话，心里有些激动。他知道女儿在实习的医院又交了个男朋友，可是当父亲的他总是不放心，怕女儿不幸福。他不愿意女儿一个人远离家乡，丁磊已经是他和李春天的妈妈心中的准女婿人选，丁磊不错啊，女儿怎么会移情别恋呢？

可是当他认识了丁磊的姑姑时，他有些理解女儿了。丁磊的姑姑丁玲是家里最小的，只有三十六岁。她的丈夫死于一场意外的车祸。

李明整整比人家大了十岁，所以当他看到长发飘飘、明眸皓齿的丁玲时，觉得自己真的是老了。

她笑起来时，眼睛弯弯的，十分迷人。李明真的是动心了。

面对丁玲，他居然有些紧张，话都说得不利索了。

丁玲是一名内科医生，李春天的妈妈就是她负责的病人。当她看到病人的家属对病人悉心照料，看到他一个人常常在病区走廊里吸烟、叹气，她觉得这个男人是个重情重义的好丈夫。

她情不自禁地想起自己的丈夫。他们那时候是多么恩爱啊，她工作忙，经常值夜班，她的丈夫承担了所有的家务活，还经常送夜宵到医院。

车祸十分意外。他是机关的中层干部，三十岁做到科长，三十五岁时做到处长。一次出差，他乘坐的大巴在盘山公路的拐弯处坠入山涧，死了二十多人，丁玲的丈夫十分不幸地成为其中的一个。

与他同往的秘书肖丽丽却幸免于难。救援人员发现，是一个男人紧抱着她，用身体保护了她。肖丽丽在昏迷了十多个小时后醒来了，第一句问的就是："赵处长怎么样了？"

这些事情不知怎么就传到了丁玲的耳朵里。女人总是脆弱的，这无疑暗示丈夫和这个叫肖丽丽的女人之间有着暧昧关系。

当肖丽丽病情好转转回广州的医院时，丁玲去医院探望她。

病床上的肖丽丽面色苍白，但依然掩饰不住她的美丽。这种美丽和丁玲的清秀文静不同，而是一种艳丽的美，是男人们都会喜欢的娇柔而热情的美。

她梳着时髦的卷发，并染成了栗子色，更显妩媚。

她其实是认识丁玲的，因为赵处长一直把他全家的照片摆放在办公桌上。

面对丁玲，她并没有显得紧张无措。

丁玲虽然有疑惑，却又不想直白地问。毕竟一切都是猜测。

"老赵没和我说起过他还有个秘书。"丁玲的语气很平淡。

"我是一年前才调到赵处长那里的。"肖丽丽也很平静。

"事情并不像人们说的那样。我们只是出于求生的本能，我抓住他，他就抱住了我，就是这样。"肖丽丽开始解释。

可是，丁玲觉得肖丽丽并没有说真话。

即使这样，她又能说什么或做什么呢？毕竟丈夫已经死了，无法找他求证什么。而她们再因为他引起争执又有什么意义呢？

如果肖丽丽曾经爱过老赵，那么他也算是幸福的，拥有两个女人的爱。

李明觉得应该对女儿说清楚了："春天，还是回家来吧，你丁阿姨帮你在人民医院安排工作没问题的。"

（二）

李春天不说话。

心里很不是滋味，看来爸爸和丁磊的姑姑相处得真是不错。想到爸爸和别的女人在一起，她就想起了死去的妈妈。

难道爸爸爱上了别的女人？他已经忘记了妈妈吗？

想到这儿，李春天的眼泪就涌了出来，她不能沉默了，她要说出她心里想的。

“你这么快就把我妈忘了吗？”她的声音颤抖着。

李明听到女儿哭了，心里也一阵酸楚。

“没有，我永远都不会忘记她的，春天，你要理解爸爸。”

“我不理解，我就是不理解！”李春天挂断了电话。

话吧的老板看着这个摔了电话失声痛哭的女孩子，心生怜悯：“想家了吧，快毕业了吧！”

来这打电话的，大多是这些实习的学生。给家长打电话，男孩子通常是要钱，电话聊得简短，总是不耐烦地挂掉电话。女孩子们就不同了，电话一打就是半个小时，说到情深处，就要掉下“金豆豆”。

李春天尽管不经常来，但是这个长相甜美、声音温柔的女孩子老板早认识了，还知道她家在杭州。

泪眼朦胧的李春天看了老板一眼，没说话，转身走了。

李春天回到宿舍的时候，眼睛红红的，小宇她们看到了，又不能安慰她什么。

韩冬冬却想知道李春天到底怎么了。她悄悄凑到李春天身边：“你没事吧，是和方明生气了吗？”

提什么方明，她可能就要离开他了，李春天的眼泪似乎流不完。

“不是方明，是和我爸生气了，没事的，你们别问了。”

李春天躺到床上，拉过被子，不再理睬韩冬冬。

韩冬冬落了个自讨没趣。爸爸，她也想到了自己的爸爸，已经两个多月没看过他了。韩冬冬虽然心里恨爸爸不争气，让妈妈离开了家，可是毕竟是自己的爸爸，看不到又担心他。上次她回家看他的时候，发现他居然没有叫人来家里打麻将，而是自己抱着一只猫在沙发上发呆。

“什么时候养的猫啊？”韩冬冬见那只花猫眯着眼睛，懒洋洋地趴在爸爸的腿上，有些嫉妒。小时候爸爸也经常抱着她啊，现在再也享受不了这种待遇了，倒是一只猫，如此幸福。

韩冬冬的爸爸没发现有人进来，吓了一跳：“冬冬，我已经和他们说好不打麻将了。”

韩冬冬看着略显疲惫的爸爸，觉得他好像比从前老了不少，隐约可见两鬓的白头发了。她一下子就哭了：“你早干什么了，你早不打妈妈也不会离开我们啊？”

小宇也同样想起了自己的爸爸妈妈，还有妹妹夏小枫。夏小枫自从上次来S医院看望她的兵哥哥之后，就回北京了，后来打来电话，两人聊了很多。夏小枫说还在想着李云凯，对于追求她的男生她就是找不到什么感觉，甚至有些反感。

小宇劝妹妹忘记那个李云凯：“时间久了就忘了。”

方明自从上次和李春天谈话之后，就一直在等李春天的答复。方明知道第二天就是技术表演赛，李春天没有报名参加比赛，方明就直接去了她们宿舍，却被看大门的阿姨拦住。

“你找谁啊？预约了没？”这位胖胖的女人据说还没有结婚。她充满敌意地看着方明，好像男人在她看来都是令人讨厌的。

“那我先打个电话，让她出来接我吧。”方明以为周末了值班的大姐不会那么严格。

电话却是胡秋月接的：“李春天，没在啊，去医院看技术表演赛了吧？”她的声音懒洋洋的，像是刚睡醒的样子。

方明只好挂了电话，失望地走了。

他想了想，觉得李春天观看了医院的护士技术表演赛，一定会留下的。自己也不要催她了，她会来找他的。

他想到这里，悬着的心暂时放了下来。

而事实上，李春天就在宿舍里，电话响起的时候，她就意识到可能是方明，她示意胡秋月接电话：“就说我不在，去医院了。”

“你这样也不是长久之计啊，做个决定吧。”胡秋月看着紧皱眉头的李春天，觉得她很可怜。

爱，就一个字；可是，却如此复杂。

（三）

邵平看到小宇的精彩表现，高兴之余有些隐隐的担忧。

S 医院无疑是每个医学毕业生向往的理想工作单位。

小宇也一样，她热爱护理工作，她也热爱自己的家乡，如果让她和自己去遥远的新疆，她会愿意吗？

他不敢问她，答案几乎已经知道了。

可是他爱着她，她也是。他们小心翼翼地守护着这份纯洁而脆弱的爱，像保护一件易碎品。

现在他们一起去街心公园散步时，话都少了，不像从前谈什么都十分有兴致，而是刻意避免多说话。

很多时候都是她静静地把头靠在他的肩膀上。他好几次都吻到她的泪，咸咸的，涩涩的，让他心酸。

当毕业的时间一天天临近，他们心里的恐慌越来越强烈。谁都不告诉谁，但是彼此都能感觉到。

于是约会似乎变成分别前的相聚，他们不知道哪一次约会中对方就会说出不想说对方也不想听的两个字。

他们不想说，也不想听到对方说。

可是，他们必须做出决定。

依旧是在街心公园，浓密的树叶已经把公园变成一个幽静的地方，最适合年轻男女约会。每到夜晚，不时有窃窃私语，有女孩子咯咯的笑声。

“你要对我说什么吗？”邵平又吻到了小宇的眼泪。

小宇不说话。

“我不会勉强你现在做什么决定，毕业的时候，我会买两张车票，我会等你。”邵平望着小宇，轻轻抚着她的长发。

“对不起，原谅我的优柔寡断，还不能给你答案。”小宇的声音有些疲惫。

星期一的时候，韩冬冬和小宇忙完了输液，在护士站里和其他实习生聊天。

一位实习生说到了张娜老师。

“你们知道吗？张娜和脑外科那个赵海涛医生是一对。”这个胖乎乎的女学生神秘地说道。

不过这对于大家来说的确是个新闻。

马上有人追问了：“是吗？你怎么知道的？”

胖女孩说：“我那天在街上遇见他们了，两个人手拉着手，你说不是一对是什么啊？”

韩冬冬也很意外，看看小宇，两人都笑了。

可能是都想起了李春天。当初大家都因为李春天和赵海涛的“绯闻”而逗李春天，还惹得方明直生气。

现在算是尘埃落定了。小宇想到张娜老师和赵海涛医生甜蜜地偎依在一起的样子，心里也觉得高兴。

张娜工作上失意，但是感情上应该“得意”了，上天也很公平啊。

而张娜，的确是和赵海涛走到了一起。其实多年前，他们曾在一起实习，张娜一直暗恋着他，却没有勇气表白。

（四）

张娜在脑外科工作过两年时间，赵海涛并不知道这个聪明能干的小护士喜欢自己。

手术做得十分漂亮的赵海涛，在感情上却是有些木讷。身边的护士，天天在一起，他从来只是把她们当成同事。女孩子穿上护士服都差不多，渐渐地他都分不清谁漂亮，谁难看，好像都差不多。

开朗的张娜毕竟是个女孩子，喜欢他却不敢表白。觉得这样天天看着他，他却无意于自己，实在是一种折磨。后来干脆调离了脑外科，去了急诊科。

急诊科忙碌的工作让她对护理工作有了更深刻的认识，自己要做一个优秀的急诊科护士。工作忙碌而充实，赵海涛成为她心底的一个梦。

真正让她决定要表白是在这次技术表演赛之后。她不知道自己做错了什么，让这个集体这么讨厌她，她只能离开。

现在，她不得不离开了。离开前，对他的感情，也要做个了断吧。

她不能欺骗自己。当她打通了脑外科的电话，听到了赵海涛的声音时，就想要哭。

她控制不了自己的感情，她真的哭了。

赵海涛只听到对面的哭声，甚至不知道是谁。

“你是谁，哭什么？”他有些着急。“赵海涛，我是张娜，今天晚上有时间吗？想见见你。”张娜总算说了话。

赵海涛很意外。他知道张娜辞职了。科里的护士在交班会前已经把这件事当新闻宣布了，并且发表了各种各样的评论。

护士小张说：“张娜是个好护士，可不是当护士长的料，不会搞人际关系。”

小李说：“可不是吗，在咱们科时她就那样，傲得不得了。”

赵海涛想起张娜在自己科室时，平时是有点傲，对他也是经常发号施令，连拒绝她的零食都不可以。

可是现在她要走了，还是有点为她担忧。

赵海涛和张娜约了晚上六点钟在他家小区附近的一家餐厅见面。他想，算为她饯行吧，毕竟这么多年的同事。

赵海涛早到了十分钟。张娜进来的时候，他站起来向她打招呼。

张娜见到赵海涛，这么多年了，他成熟了许多。

而她，见到他心里还是会一阵悸动。

她坐下，却不知道说什么好了。

“你已经辞职了是吗？怎么不和大家商量一下？”赵海涛问。

“现在这种情况，我没办法继续工作了。”张娜叹了口气。

“其实你就是太直率，可能平时没太注意说话的技巧。”赵海涛想让张娜认识到导致这样局面的原因。

张娜并不认同：“我说的都是真话啊，她们做得不好还不让人说吗？”

赵海涛笑了，这个傻姑娘，都这么多年了，还是不肯向世俗妥协。

“你是没有恶意，可是谁愿意听别人批评呢？”

“每个人都喜欢听赞美的话，你自己不是吗？”他看着她有些迷茫的神情，心里为她着急。

当一个人生活在自己的世界，就容易忽略别人的感受。

第三十八章　萍聚

（一）

面对赵海涛关切的眼神，张娜的心跳得飞快。她不知道如何开口，说出自己的心意。他理性的分析也让张娜觉得自己辞职有点太冲动了。

那天她离开医院后，整夜无眠，第二天早上，她写了一份辞职报告，直接来到护理部。

护理部主任张爱玲看到一脸不悦的张娜，也有些同情。她原本以为张娜会顺利当选为急诊科护士长的，可是没想到她在科室的人缘这么差。

作为一个护理管理者，她的心情也很沉重。她在想如何把临床优秀的护士培养成同样优秀的护理管理者。她本来打算有时间把张娜找来安慰一下，或者将她调离急诊科。

但是没想到张娜自己来了。

“张主任，我不想在医院工作了，我要辞职。”张娜有些愤然地说。

“张娜，事情弄成这样也是我想不到的，是我平时太不关心你们了。你是个优秀的护士，我心里有数的。”

张爱玲主任语气温和，她当然不希望这样优秀的护理人才流失。原来医院的几个骨干都出国了，让她很有挫败感。

张娜听到这些安慰的话，心里的委屈再次涌上来，她抽泣起来。

“不要一时冲动，这次竞选不成功，还有下次嘛！你还年轻，多积累些工作经验也不是什么坏事儿。”

张爱玲继续劝慰着。

张娜不想再听了。

“我不是一时冲动，张主任，我没办法再像从前一样工作了。”张娜说完，转身走出了护理部办公室。

留下张爱玲主任一个人发了一会儿呆，叹了口气，打开张娜的辞职报告。她在想，要如何和院长说呢？“张主任，怎么回事啊，优秀的护士怎么都要辞职？你要注意啊，我们医院本来就缺护士，这样年年招人，年年走人，队伍怎么能稳定呢？”

张爱玲也讲了她的难处：“我们公立医院工资待遇低，工作量大，而国外或者私立医院的待遇很高，护士当然要走了。”

两人一起皱眉头，叹气。

张娜最终没有说出口她本来要说的话，而是和赵海涛一起分析起自己竞选失败的原因。

“明天就去护理部吧，把辞职报告要回来，好好工作吧。”赵海涛说。

张娜感激地望着他。

赵海涛被看得倒不好意思了，脸都红了。他忽然想，张娜为什么不找别人，而找自己出来呢？

想着，想着，就有些明白了。

和张娜做了两年同事，她是个好女孩儿，可是自己却一直把她当小妹妹，没往那方面想。

自己怎么现在才发现呢？

“张娜，问你个问题，希望你能如实回答我。”他说。

“问吧！”

“你现在有没有男朋友？”赵海涛问完这句话，觉得自己紧张得不得了。

“没有。”她并没有思考。

“那让我做你的男朋友吧。”他望着她，等她的回应。

（二）

张娜先是一愣，她没想到赵海涛会这么直白。

她开心地笑了，心里充满了感动。爱情让她觉得什么委屈都不重要了。为了他，她也要留下。

“那好吧。”她干脆地回答。

小宇她们的实习生活接近尾声了，各科室都轮转过了。最后一个多月她们选择去自己最喜欢的科室。

韩冬冬去了儿科，小宇选择了急诊科。李春天和胡秋月却偷偷地结束了实习，李春天实在没有心思实习了，家里和方明那边，两方面的压力让她透不过气来。

她躲着方明，不见他，不接他的电话。她很矛盾，痛苦，逃避可能会让方明永远离开她，还包括失去留在S医院的机会。

方明等她的答复，他能等到什么时候呢？

邵平这一年的实习生活过得十分充实。他信心满满的，想着终于可以回家乡做医生了。他盼着快点回学校参加毕业考试。

可是一想到小宇，他又希望时间过得慢一点儿，他多么希望小宇和他一起回新疆。可是现实告诉他，这更像是一个梦想，如果梦想成真，他就是世界上最幸福的人了。

最近，他经常做梦。梦见他和小宇骑着马，在草原上奔跑，阳光明媚。

他们一起去葡萄架下摘葡萄。他摘下一颗大大的葡萄，喂到她的嘴里。她笑着说：“真甜！”然后调皮地去亲他。

可是梦醒的时候，他感到全身发冷。他们会有这样的生活吗？

刘立感觉到邵平的异常。他想起自己当年，他记得毕业汇餐中，他们都喝了好多的酒，一起唱歌，拥抱，落泪。

幸运的是他没有谈恋爱。由于矮小，长相平平，他喜欢的女孩都不喜欢他。他老哥儿一个度过了大学时光。

但是当他看到毕业前夕，一对对恋人相拥而泣的情况，他庆幸自己没恋爱。

而邵平就不一样了，他对小宇的感情刘立很清楚，听到他在梦中喊她的名字他就知道了，这个叫“小宇”的女孩子是他生命中最重要的人。

再看看方明，这几天也是一副萎靡不振的样子。

方明这几天的确烦恼，李春天故意躲着他。他知道她是个脆弱的女孩子，一定是她爸爸给她施加压力了。想到李春天要离开这个城市，永远地离开，他就受不了。

和李春天交往后，妈妈对李春天虽然有些不满意，但是看他这么坚决，也就同意了。

前几天妈妈问到李春天，说如果他们的关系确定了就为她办工作，让她留在S医院。她其实是院长年轻时候的暗恋对象，所以，凡是她找院长办的事，只要他能办到，没有不答应的。

当然，只有他们两人自己知道。她后悔过，当年他只是一个普通的小医生，谁会想到人家先是当了科主任，后来又当了院长呢？

而且，方明的爸爸并不是很喜欢她，只是迫于父母的压力，两人才走到一起。

如今也只能悔不当初了。她看到儿子这么喜欢这个女孩子，心想就依了他吧，爱情是最重要的。

可是儿子却说李春天没有给他最后的答复。这让她有些生气，这姑娘怎么身在福中不知福呢？多少实习生争着进S医院啊！

（三）

刘立被派到一个小站驻扎已经两个月了，那个小站要安装新的电力仪器系统。

那里风景真是美，有山有水，空气清新。

看到方明和邵平无精打采的样子，刘立突然有了一个想法，带他们去散散心吧。

方明听了，想了想："就我们三个人吗？"

这倒提醒了刘立："这样吧，把小宇她们几个女孩子也叫上，反正晚上就能回来。"

邵平一听到小宇的名字，就一阵悸动。如果出游能让他们之间的感情更进一步，那该多好！

三个男生带着各自的心事立即行动起来。

韩冬冬一听说要去小站玩，高兴极了："太好了，我正想出去玩玩呢！”

胡秋月没理睬，她去过的地方多了，心想一个小站有什么好玩的，就冷冷地说：“我不去，你们去吧！”

李春天知道方明要去，犹豫不决的。小宇看看她，问她：“你去吗？”

李春天却反问小宇：“你去吗？”

韩冬冬着急了：“去！你们都要去！别想那么多了，就像我们刚来实习的时候一样！”

一句话，让大家不约而同地想起刚来实习时他们一起去江畔的情形。那时候多好啊，没有感情的困扰，只有新鲜和好奇。

一年的时间里，发生了这么多事。她们都不再是那时候天真、单纯的小女孩了。

说去就去。周六的早晨，小宇她们三个背着背包走出宿舍大门的时候，发现邵平、方明、刘立。啊？还有张浩？他们四个人已经等在宿舍门口了。

张浩仍然是笑嘻嘻的：“来，我帮你们背包！”

他倒是挺勤快，正要上前去要小宇的包，却不料韩冬冬一个箭步冲上来，把背包塞到他胸前。

张浩看看韩冬冬，很无奈地叹了口气：“唉，谁让你个子最小呢！”

韩冬冬不依不饶：“小宇的包也轮不到你来背啊！”然后，看看邵平。

邵平的脸红了，快步走到小宇面前，示意她把包给自己。

小宇把背包给了邵平，两人并肩默默向前走。

火车站里等车的人不多，一队年轻人格外引人注目。爱说爱笑的张浩和调皮的韩冬冬不停地斗嘴。而邵平和小宇两人则是深情对望，心事重重。

方明试图和李春天说话，李春天却躲闪着。

刘立似乎兴致没那么高，可能是他比这几个年轻人略长几岁的原因吧，再者小站他都待了那么久了，太熟了。

他的目光一直在关注着韩冬冬，当韩冬冬说不过张浩时，他适时地帮上一句。

“韩冬冬，你个子为什么这么矮啊，人家说个子小的人是让心思给坠住了。”张浩拿韩冬冬的身高开玩笑。

韩冬冬最不自信的就是自己的身高了，张浩刚才在宿舍门口说她个子小时她就很生气了，没想到他又这么说。

她气得说不出话来。刘立却开口了：“老人的话的意思是个子小的人聪明，你没听人家都说‘傻大个儿’吗?”

大家都笑了。纷纷看着个子最高的张浩。

“我个高怎么了，我傻吗?”张浩的话让大家更是笑个不停。

连一直不开心的李春天也笑了。

方明乘机轻握了一下她的手，低声对她说：“我好想你!”

李春天的脸立即红了，看了看周围几个人，好像没人听到方明的话。她低声说：“你不要乱说话!”

韩冬冬看出这对小情侣有点小问题，立即转移了大家的注意力：“看看方明在和李春天说什么悄悄话呢?”

“别闹了，火车来了!”刘立招呼大家。

只要一个小时。一路上，大家继续说笑，很快就到了。

这个小站真是小，一间普通的砖瓦结构的房子，两个窗户。从门进去，里面有三个房间，外面的是办公室，有一张办公桌，和通信仪器。里面的一小间是值班室，有一张单人铁床。外间的右侧还有一间屋子，是他们的会议室兼仓库。

(四)

办公室里正等着刘立来的大哥见到了刘立他们，就笑了：“那我回家了啊!”

他昨天值了夜班，本来今天应该是另一位大哥值班。但是听说刘立要来，就干脆让刘立值班了，反正这样的小站白天只有三列火车停靠站，接应一下就可以了。

大哥走了，年轻人完全放松了。

韩冬冬问刘立："这个小破屋子有什么意思啊，你不是说这里很好玩吗？"

刘立笑了："你别着急啊，先歇会儿，下一列车应该是中午来，一会儿我就带你们去后山上玩。"

大家把背包放下，休息了一会儿，在韩冬冬的催促下，上路了。

绕过小站，后面是一个小村庄。一路上不时遇见纯朴的村民，他们好像都认识刘立，笑着和他打招呼。

刘立说，这个村子总共才百十号人，他差不多认识了一大半。他还在他们的帮助下，在小站后面开辟了一个小菜园，种上了黄瓜、西红柿、豆角、茄子。

"我这可是纯绿色食品啊！"他自豪地说。

这两个月，只有他住在这里，其他来安装线路的同事因为成家了，天天坐火车回去，早上再来。他觉得太麻烦，干脆就住在这里了，周末才回去。

于是小站的两个大哥就不用值夜班了，反正夜里只有一辆车通过。他们对刘立这个年轻的电力技术骨干十分热情，他们三个没事的时候晚上就一起吃饭、喝酒。本来只喝啤酒的刘立硬是让他们逼得学会了喝白酒。

后山上果然是另外一番天地，满眼的绿色，大家欢呼着跑过去。

"看这有花啊！"韩冬冬最先发现了一丛黄色的野花。

几个女孩子开始采野花。

小宇也暂时忘记了烦恼，她把采来的花堆到草地上，坐下来，开始认真地编花环。

邵平坐在她身边，他们身后，是一棵大树。

山风习习，阳光明媚，温度适宜，空气清新，坐在这里真是太舒服了。

邵平深呼吸了一下："我们家的空气也是这样！"

小宇低头只顾编着花环，并不答话。

生怕邵平再说什么。

还好，邵平没有再说什么，转过头看着小宇，开始欣赏她的手工劳动。

花环很快编好了，五颜六色的花朵，映衬着绿叶，十分漂亮。

小宇双手拿着花环戴到头上，转过头望着邵平："好看吗？"

邵平望着她，心想，我多想永远和你在一起！

他笑着说："好看！"

他们对望着，然后邵平吻住了他心爱的女孩。

小宇也回应着。好像就要分离，好像这是最后的吻别。

最后，邵平吻到了小宇的眼泪。

其他人识趣地远远离开了。

韩冬冬开始变得闷闷不乐。她知道邵平就算不和小宇在一起，也不会和她在一起的。他根本不喜欢自己。

想到这儿，她有些伤感，甚至想要哭了。

刘立走过来了。

"这里风景美吧，我没骗你吧！"他看出韩冬冬有些低落。

其实他对韩冬冬很有好感。但是他想到自己比人家大出好几岁，就有些自卑，怎么敢表白什么呢？

他的身高也不高，所以见到韩冬冬，有同病相怜的感觉。在学校里也喜欢过几个女孩子，也表白过，可是都被拒绝了，都是嫌他个子矮。

以至于在感情方面变得小心翼翼，见到喜欢的女孩子也不敢多想。一年年过去了，同事、家人介绍的朋友也看过几个，但是他看上的人家看不上他，看上他的又都是没有工作、文化不高、长相很一般的女孩子，他又觉得不好。

遇见了韩冬冬，他觉得他应该胆量大一些。毕竟，这个女孩子还很单纯，没经过社会世俗那么多的污染，思想一定还很简单。

第三十九章　小站的故事

（一）

韩冬冬正心里不顺，面对刘立的问话，就没好气地回答："美什么美，不就是个破山吗?"

他不敢再说话，把手里的花儿递给了韩冬冬。

这其中有一种稀少的野百合，有着特有的芳香。韩冬冬闻到了香气，眉头舒展开来。

她看看刘立，发现这个戴着眼镜的大哥性格倒是蛮好的，很会安慰人。

刘立就给她讲起这山上的好东西。

"下雨之后会有蘑菇，我和大哥就来采蘑菇。村子里好多大婶、大嫂都来了，直笑话我们。"

"两个大男人来采蘑菇!"女人们口无遮拦，开着玩笑。

韩冬冬"咯咯"地笑了："是啊，我弟弟可从来没采过蘑菇。"

"但是那蘑菇真的很好吃啊。"刘立低头在树下寻找起来。

"今天也应该找找看有没有，中午做给你们吃。"

他在这里已经学得一手好厨艺了。

说得韩冬冬要流口水了。

她也跟着找起来。

她发现真的有好多蘑菇啊。刚才的不愉快立即烟消云散了，专心致志地采起蘑菇来。

李春天此时和方明在一起。大自然的美丽风景让她暂时忘记了毕业分配。而早晨在车站方明的一句话让她重新拾起他们在一起的美好记忆。

他们俩干脆躺在草地上，任阳光暖暖地照在身上。

但方明更关心的还是李春天未来的打算。

这段时间她一直躲着自己，今天她能来，说明她已经想好了吧！

“春天，你和你爸商量好了吗？他同意你留下来吗？”方明望着天空的白云，好像是不经意提起这件事。

李春天刚刚平静的心又跳得飞快。她要告诉他她爸爸不同意吗？那么她自己呢？

“你今天一定要知道答案吗？”李春天无法回答。

“再晚就来不及了，我妈说要给你联系工作啊。”方明的焦急再也掩饰不住了，他从草地上坐了起来。

李春天也坐了起来，方明望着她，眼中写满了疑惑。

“你难道又和丁磊好了？”

李春天听这话就生气了，这个方明真是不如丁磊，最起码心胸就不够开阔。他怎么可以怀疑我呢？

想到这里，她脱口而出：“我爸不同意，我们分手吧！”

然后就站起来向远处走去。

方明一愣，她什么意思呢？是他说错话让她生气了，还是真的是她爸爸不同意？

他没有去追她。双手抱着头，觉得很头疼。

李春天跑到远处，哭了起来。

泪眼朦胧中看到一条蛇在草丛中爬着，她尖叫一声，跳了起来。

她四处张望，却一个人也看不到。

她迷路了。

方明坐着想了半天，觉得应该找李春天问个清楚，他再也不想这样拖下去了。

可是却不见她的踪影。

“李春天！”他喊她的名字。

山谷里他的声音在回响：“李春天——”

他不知道该往哪个方向走，走了一会儿，看到邵平和小宇，还有张浩。

张浩是诚心不给邵平和小宇单独相处的机会。

好不容易等到两人亲吻结束，他就冲了上去。

“好漂亮的花环啊，送给我行吗？”他是大家公认的“厚脸皮”。

小宇当然不会给他，他也不再要，就是跟在小宇身后，形影不离。

三个人一起走，邵平心里很不痛快。但是想想大家都要毕业了，也不想最后弄得不愉快。

幸好张浩是个健谈的人，他和邵平、小宇说起他们家诊所的事情。

他说有一次有个人抱着一只哈巴狗来他家诊所，问能给它看病吗？

张浩的爸爸是当地有名的中医，脾气很不好。见这人让他给狗看病，十分生气。

就说：“给狗看病可以，你得先学三声狗叫。”

来人灰溜溜地走了。

邵平和小宇听了也笑了。

这时，只见方明焦急走过来。

“你们见到李春天了吗？”

邵平见他一副着急的样子，不禁想笑，他还是放不下李春天啊。

“你们不是一直在一起吗？”小宇说。

“可是，她自己走了，现在我找不到她了。”

他们看看周围，决定一起找李春天。

不一会儿，他们的喊声被刘立和韩冬冬听到了。

（二）

几个人立即分头找起来。

李春天幸好没有被蛇咬到，她开始飞快地逃跑。

可是，跑了好远发现自己迷路了。

跑累了，干脆坐在树下哭了起来。

想想感情纠葛，想想就要毕业，想想方明的猜忌，越想越觉得委屈。

中午，大家找到了李春天。

她此时已经疲倦地靠在树边睡着了。

方明急忙跑上前，抱住她，试图叫醒她。

只听她迷迷糊糊地说着：“方明，你怀疑我！”

说得众人疑惑地看着方明，让他无地自容。

邵平问：“你们吵架了吗？”

韩冬冬更是立即生气了：“你欺负她！”

大家帮方明把李春天扶起来，然后，方明背着她，一起下山了。

在小站的办公室里，刘立已经准备好了新鲜的蔬菜。有黄瓜、菠菜、青辣椒，还有西红柿，红红绿绿，十分好看。

李春天躺在床上，方明摸了她的额头确认没有发烧。李春天勉强睁开眼睛又疲倦地闭上了：“我想睡觉。”

大家就让她在刘立的小值班室睡觉。

小会议室这时候变成了厨房。刘立自然是大厨，大家笑着，闹着。

虽然人多，还是忙碌了一个多小时才把饭菜做好。

大家坐定后，刘立说：“来，祝贺你们就要毕业参加工作了，干一杯！”

邵平举起杯，眼睛瞄了眼小宇。

张浩开始提议：“今天女孩子也喝点吧。”

大家都纷纷点头，韩冬冬想了想，第一个主动站起来，拿过一瓶啤酒：“好，今天这瓶啤酒我包了，我们一醉方休！”

说得小宇直冲她瞪眼睛。

“女孩子还是随意吧，想喝多少就喝多少，就是个心情嘛！”邵平看到小宇花容失色的样子，急忙说。

张浩可不干：“一人一瓶，不能喝的可以找别人帮忙喝啊！”

然后看着邵平。

张浩本来是挨着小宇坐的，但是小宇见他坐到了自己身边，立即和韩冬冬换了座位。

韩冬冬冲张浩挤眼睛，偷笑。张浩无奈地撇撇嘴。

不过他小瞧了韩冬冬，韩冬冬其实从小就不怕喝酒。她老爸天天要喝酒，她和弟弟小的时候就偷偷尝过爸爸的酒。

看到韩冬冬拿起一瓶啤酒，面不改色，几个男生都愣住了。

心想真是巾帼不让须眉啊！

酒过三巡，韩冬冬提议："我们再玩一次说真话游戏好不好？"

然后喃喃自语："可能是最后一次了。"

虽然声音小，但是大家都听到了，有些伤感。

小宇几乎就要流泪了。是啊，要毕业了，他们就要各奔东西了。她和韩冬冬是好朋友，好姐妹，她真的很舍不得她。

想到这儿，小宇拿起自己的酒瓶（因为杯子不够，啤酒一律直接用瓶了），对韩冬冬说："我们两个先喝一口吧，我希望你永远都这么快乐！"

韩冬冬也有些伤感了："我会的，你也要照顾好自己。"

张浩可受不了这样伤感的气氛："不是说要做游戏吗？开始吧，谁说得不好就罚酒！"

（三）

但是这次大家都不能像以前那么放松了。

每个人都有自己的心事，又不能说。

大家决定修改一下游戏规则。

韩冬冬说："简单些吧，第一个问题，你现在的愿望是什么？每个人写在纸上，不写名字。把纸条混在一起，一个个地念，如何？"

韩冬冬说完就开始问刘立要纸和笔。刘立还在想着游戏规则，心想这小姑娘玩的是什么把戏啊？

小会议室一时间安静下来了。

韩冬冬一边写一边抬头看其他人，发现大家都开始写了，轻轻笑了一下，然后把字条折起来，看着低头写字的邵平。

这时候李春天不知什么时候走了进来。

她说："我也要参加。"

方明一愣，连忙拉过一把椅子示意她坐过来。

此时的李春天头发有些乱，眼神有些迷离。她看了方明一眼，并不去坐那张椅子，自己找了把椅子坐下。

几分钟后，大家把字条都放在了桌子一侧。

韩冬冬整理起来。

“一，二，三，四，五，六，七，正好。”她调皮地笑笑。

“现在我来宣读一下大家都写了什么。”

说着，她打开第一张字条。

“我现在想，回家。”

她念出来，然后抬头一一看了所有人。

大家的表情都很从容，邵平还点了点头：“不错，谁不想回家啊！”

韩冬冬心想，我就不想。

她继续念：“我现在想，带心爱的女孩子回家。”

韩冬冬的声音有些低沉了。

透过笔迹看出那张纸条是邵平写的。

现在，她确认，这张就是邵平写的。

带心爱的女孩子回家，多好啊，多真挚的表白，多浪漫！可是，那个女孩子不是她，更要命的是，那个女孩子还不知道能不能和他一起回家！

韩冬冬放下纸条，坐了下来：“我不念了，下面的张浩你来念吧！”

拿起啤酒瓶，狠狠地喝了一大口。

“唉，怎么不念了呢？你不是念得挺起劲的吗？是不是因为没有人带你回家啊？”

张浩又在挖苦韩冬冬，韩冬冬当然不示弱，小手迅速上前，以迅雷不及掩耳之势将张浩的手背抓出一了道红色的血印。

“啊呀！你还真下死手啊！”以前韩冬冬只是给他两拳，小姑娘力气小，他也没觉得疼，这次却是见血了，实在在他意料之外。

“韩冬冬啊，我本来还想邀请你到我家诊所去的，现在门儿都没有了！”

他哼哼着，当然也不肯去读纸条。

方明站起来，拿过了所有的纸条。

“我想让李春天留下。”

李春天睁大了眼睛，她的眼睛变得亮晶晶的。

但是她立即又低下头去，因为大家都把目光投向了她。

“李春天，你留下吧，要不有人非得得相思病不可！”邵平打趣道。

方明接着念：“我想让小宇去我们家诊所。”

天啊，这一听就知道是张浩写的。

张浩得意地笑笑，然后又有些害怕地看看小宇。

小宇果然皱了下眉头，生气地看了张浩一眼，低下头去。

除了小宇和邵平，其他几个人都被张浩的直白逗笑了。方明也忍不住笑了。

“我现在想喝醉了，然后说出心里话。”

这是谁写的呢，看来是不想说出真话了。

“这是谁写的啊，应该让他喝一杯吧！”方明提议。

但是大家似乎都不排斥喝酒，没有人承认，也没有人否认，不约而同地都举起了杯子和酒瓶。

看来真的是要一醉方休了。

“我想，让邵平留下来。”

当他念到这条时，大家开始看邵平。

邵平已经喝多了，但还是听清了这句话，他摆着手：“对不起，难以从命啊！”

韩冬冬生气地又拿起酒瓶，想要喝，突然发现酒瓶已经空了。

她更生气了：“刘立，给本姑娘拿酒来！”

刘立快步跑到她跟前，劝她：“别喝了，喝多了不好的。”

韩冬冬的眼泪却流了下来，她感觉到头晕目眩，今天她真是发挥失常了。她干脆扑到刘立怀里哭起来。

方明不再念纸条，他把剩下的两个纸条打开，寻找李春天的字迹。

（四）

两张字条上分别写的是“我想去新疆”和“我想让韩冬冬做我的女朋友”

方明知道这两个都不是李春天写的。一是笔迹不对，二是也不可能。但他有些疑惑，是谁想去新疆，又是谁喜欢韩冬冬？

不是邵平，他一直喜欢小宇的。张浩？他总和韩冬冬开玩笑。

他最终也没想到刘立。

而此时刘立的心提到了嗓子眼，他知道剩下的两张字条里一定有自己的。为什么当时冲动地写出这样的话，现在不是要被大家笑话了？

于是，见方明盯着字条看时，其表情充满疑惑时，他上前一把抢过字条：“我来念吧！”

没等方明回过神来，刘立已经在念了：“我想去新疆。”这张字条他如实念出来了。

另外一张则被他念成：“我想让所有的人都留下。”

刘立念完，大家都沉默了。张浩看看周围的人，发现大家表情有些难过。

想想也不知道小宇会不会和邵平去新疆，他也有些伤感。

刘立心想难道自己说错话了？唉，还不如勇敢点儿，表白一下呢！以后还有这样的机会吗？

一边后悔，一边笑着说：“大家休息一下吧，一会儿车就来了。”

他开始收拾起桌子来。

小宇正想着是谁写的“去新疆”？她看到邵平在听到这句话时看了她一眼，而她的表情显然让他失望了。

是他自己？是韩冬冬？

她的心有一丝痛。

火车来了，他们迅速排队一个接一个上了车。因为个别人喝高了，动作有些迟缓，列车员一个劲地催促：“快点儿，快点儿！”

因为停车的时间太短了。刘立说有一次一个人送站时跟着上了车，结果没来得及下车火车就开了。

大家似乎都很疲惫了，全然没有来时的兴奋。车上人不多，因为马上就到终点了。

张浩干脆一个人躺在一个三人座位上。小宇和韩冬冬坐在一起，对面是李春天和方明。过道那边就是邵平、刘立。

邵平虽然喝得有点多了，但并不想睡觉。他不时地向小宇这边望一眼。

韩冬冬要是在平时，早就嚷着要玩扑克牌了。但是今天她情绪特别低落，也不和小宇、李春天说话。趴到了座位前面的小桌子上睡觉了。

方明挨着李春天坐，因为替李春天喝了好多酒，觉得脑袋有些晕。但是心里还装着问题，脑袋里的齿轮依然在转着：难道她写的是“我要回家”？他当然不希望是。

他决定今晚就问清楚。

但是在心里，他还是把她当成自己的女朋友，所以他又拉住了她的手。

李春天并没有喝多少酒，她感觉方明的手有着前所未有的热度。但是此刻却不想被这样一只手握住。

她用力想抽出自己的手。方明疑惑地看着她。

小宇发现两人的小动作了，故意靠在座位上，闭上了眼睛。

李春天和方明还在继续。

方明感觉到了，这让他有些生气。你到底是什么意思？要离开我吗？我们的感情就这样结束吗？不可以！

他更紧地握住她，并轻声说了句：“春天，今晚我们一起去公园吧，我有话要对你说。”

一提到公园，李春天的手失去了挣扎的力量。往事又浮上心头。

好吧，好好地谈一谈吧。可是，为什么要在公园呢？那会让她心软，让她迷失的。

邵平和刘立聊了一会儿天。

“这小站风景真美。”邵平说的是心里话。

刘立高兴地说："是啊，以后得经常来玩。"

但是他想到以后可能就不是他们这一拨人来了，也有些伤感。

于是开始感叹："天下没有不散的宴席啊！"

邵平听起来更像是对自己的安慰。

"我要去新疆"是谁写的？难道不是小宇吗？那么是，韩冬冬？

邵平知道韩冬冬喜欢自己，但是感情的事是不能勉强的。韩冬冬十分可爱，他把她当成自己的小妹，从来没有想其他的。

第四十章　择优录取

（一）

火车到达已是七点钟，正是傍晚时分，凉风习习。

一路上，张浩依然说笑，韩冬冬不时插上两句，两人一唱一和。

方明紧紧跟着李春天，他见马上就要到女生宿舍的路口了，直着往前走，就可以到他们经常去的公园了。

他小声对李春天说："我们去公园转转吧。"

李春天并不回答。

方明看了看其他人，没有人注意他们。

这时候小宇和韩冬冬走到了路口，向右拐了。

于是他清了清嗓子："我和李春天出去走一会儿，你们先回去吧！"

没等李春天回过神来，他就拉着她的手，飞快地向前走。

张浩冲着他们的背影喊："不许拐骗良家女子啊！"

小宇、邵平他们都笑了。

邵平也想起了什么，在小宇就要走进宿舍大门的时候，他叫住了她。

"小宇，你一会儿再进去可以吗？"

小宇停住了脚步。

这时候天微微黑了。但他们离得很近，还是可以看清对方的脸。

邵平深吸了一口气："我不知道今天你的字条写了什么，我还是那句话，毕业的时候等你。"

小宇感觉全身一震。

她写的是"我想喝醉，然后说出心里话"。

她爱邵平，他是她的初恋。可是她也爱她的父母、她的家乡。

小宇这两个月来就在这种矛盾中痛苦挣扎着。

她宁愿邵平对她说："我们分手吧！"

因为她无法开口说这样的话。

看着邵平坚定的背影，小宇蹲在门口，低声啜泣。

当她回到宿舍时，发现只有韩冬冬一个人，胡秋月不在。

"小宇，胡秋月走了，你看，她留下一封信。"韩冬冬见小宇回来了，像报道新闻一样说着这件在她看来很意外的事情。

小宇也很吃惊。实习期还有二十天，胡秋月就这么偷偷走了，也够大胆的。

"各位姐妹：我搬走了，放不要担心我，我会很好的。不久回学校见面吧！"

她的字和她的美貌真是成了反比。

胡秋月当然是要走了，她要找个清静的地方，复习，备考。她还专门报了考前培训班，到时会在北京有为期一个月的封闭式培训。

她觉得她和小宇她们绝对不是一类人，她不甘心过平凡的生活，她相信自己会成为明星。

至于为什么这样悄悄地走，是因为不想让她们过多地知道自己的打算。郑家诚来帮她收拾东西，两人在她的床上又缠绵了许久。

"难得今天她们都不在。"郑家诚十分高兴。

以往在胡秋月宿舍里和她亲热，总是担惊受怕的，生怕哪一秒哪个女孩子们会推门进来。

他心里非常希望胡秋月能和他住在一起。自从有了上次在北京宾馆里的一夜，他就特别希望他们能每天都在一起。

可是从北京回来，胡秋月反而不再和他亲近了。她说要抓紧时间复习，并且督促郑家诚也和她一起复习。

而郑家诚在鼓动胡秋月报考北京电影学院的研究生后，自己却有点动摇了。自己虽然外形好，但是对表演是一窍不通啊，而且他语文学得也不好。

但是这样的话不能和胡秋月说，那样她会瞧不起他的。

而且，如果她考上了，他没考上，她会不会和他分手呢？

想到这里，他只好硬着头皮去看书。

他现在工作的单位是政府机关，领导同事因为他特殊的家庭背景而对他格外关照，众星捧月一般，让他慢慢喜欢上这种安逸的生活。

可是，因为胡秋月，这样的生活可能就要结束了。

单位的同事大姐问他有女朋友没？见他脸红，就说：“别不好意思，没有姐就给你介绍，姐手头上有好几个条件不错的女孩呢！”

（二）

郑家诚只是笑了，也没说自己有女朋友。他心里想，是不是如果没有胡秋月，他就会找一个女孩子结婚生子，安心地过日子呢？

这位名叫谢华的大姐显然以为郑家诚是不好意思说自己没有女朋友。据说，这个机关里，经她介绍成的有好几对呢。

一个星期后，她就悄悄把郑家诚叫到办公室外面，拿出一张照片递给他看。

“看这个女孩子怎么样？是市一中的老师。大专毕业，她爸爸是市教委的。”

谢大姐喜滋滋地望着郑家诚，看他的反应。

郑家诚没想到谢大姐真的给他介绍女朋友，看人家这么热情，自己看都不看好像太不礼貌了。

他看了一眼照片，是一张四寸生活照。女孩子长发披肩，倚在一棵大树下，温柔地笑着。女孩子长得没有胡秋月漂亮，但是却是文静、清纯的那种类型。

“不错吧，人家是英语老师，英语学得可棒了，从前还拿过全国竞赛的奖呢！”谢华看郑家诚没什么反应，有些着急。

郑家诚性格中柔软的一面显露无遗了。他还是不好意思直接说“我有女朋友了”。

他想要是说了，谢姐会不会生气啊，那你那天怎么不说清楚呢？

见他只是笑，谢姐心想他一定是看中了这个女孩子。

她收起照片，拍拍郑家诚的肩膀：“还不好意思，那我再问问女孩子，如果都觉得不错就安排你们见面。”

没等郑家诚开口说话，她转身快步走了。

就这样，郑家诚稀里糊涂地去相亲了。

这事儿胡秋月当然不知道。她现在主要是复习英语，因为上学的时候不喜欢学英语，成绩也一直不好。这下才知道英语的重要。

她从宿舍搬出来后租了一间一居室的楼房，钱是郑家诚出的，但是她不允许郑家诚和她一起住。搬过来的那天晚上，郑家诚在亲吻了她好久后，轻轻在她耳边说："我不回家了，住在这里吧！"

胡秋月说："等我们都考上了研究生，我们就住在一起。"

聪明的她心里很清楚，郑家诚并不抱希望，年初时他考研失败了，这让他很受打击。虽然艺术类的研究生和理工科的不太一样，但仅仅是英语一关，他就过不了。

那一次之后，她分明觉得他把她完全当成了自己人，不再那么像宝贝一样呵护自己了。这让她有些恼火，难道男人都是得到了就不再珍惜了吗？

于是她干脆不让他再碰自己。

郑家诚望着眼前的美人，皓齿红唇，可是自己只能远观。心里想，唉，有一个厉害的妈还不够，怎么又遇见你这么厉害的女子，胡秋月。

但是亲亲、抱抱、摸摸还是可以的。他再次深深地吻了她，吻得她全身颤动，他知道她的欲望也被他勾起来了。

于是他又央求她："宝贝儿，就这一次，我会好好复习的。"

胡秋月一听到复习两个字，立即清醒了，一把推开他。起身坐到桌子前，拿起一本英语复习资料，也不看郑家诚，说了句："你回家吧，我要复习了。"

方明和李春天的谈判要有一个结局了。

李春天最近发现方明和她印象中的并不完全一样。原来她以为他幽默风趣、温文儒雅，可是现在她发现他性格中还有自私、多疑、霸道。

她想自己先前是不是被他的甜言蜜语弄得有些丧失了判断能力呢？

而爸爸的语重心长，丁磊的执着等待，都让她觉得自己对不起他们。

她曾埋怨爸爸，妈妈走了他就另觅新欢了。可是她从丁磊口中得知，因为她的妈妈走了，她的爸爸受了很大打击，生活也遇到很多困难。他不会做饭，不会洗衣服，没有妻子的生活一团糟。有一次丁磊去她家，看到她的爸爸正在煮方便面，锅里涌出的热气让他的眼镜片蒙上了一层雾；他摘下眼镜，凑到锅跟前去看看面煮好没，却因为视力不好额头几乎都挨到了锅沿，又被热气烫到了皮肤。

他看到丁磊在看他，不好意思地说："这么大个人了，做个饭还不会，从前都是春天她妈做的。"

像想起了什么似的说："丁磊你可要学会做饭啊！我们家春天可不会！"

（三）

"春天，我现在已经学会了做饭，跟我姑姑学的。我们三个人经常在你家里做点好吃的，每次都提到你，姑姑还问你什么时候能回来呢？"丁磊在电话里这样说。

李春天听了想到一家人其乐融融的景象，就想起了从前她们一家三口。她又忍不住哭了。

所以当方明带着有些不耐烦的语气问她"你到底是要回家还是留下来"的时候，李春天看着方明，表情严肃地说："我要回家。"

方明并没有感觉十分疼痛，他已经有了两手准备。心想如果李春天说回家，他也不再求她留下来，这说明她还是忘不了丁磊；如果她说留下来，他反而怀疑她是不是为了留在 S 医院才这样。

他更多的感觉是心里面空空的。

事情总要有结果。即使是一个否定的答案，只要给他答案，他就会明白下一步该做什么，方明就是这么理性的人。李春天能让他变得这么有耐心，已经是前所未有的例外了。

他同样严肃地对李春天说："那好吧，我祝福你们。"

这样的话在李春天听来像一根带刺的箭，射在她的心上，这就是口口声声说爱她的男孩子吗？

自尊心让她冷静，她不动声色地转身走了。

方明跟在她后面几步远，算是把她送回了宿舍。

回到了宿舍，李春天趴到床上捂上被子，泪流满面。

第二天是所有实习护生期盼已久的日子，医院要在所有报名参加本院护士招聘的毕业生中进行一次考试，择优录取二十名优秀毕业生。

毕业生中有八十人报名。

小宇和韩冬冬都报名了，李春天也悄悄地报了名。虽然方明对她说他妈妈找院长说说就行，但她想自己也应该证实一下能力。她感觉在实习生中自己表现也是比较出色的。

小宇和韩冬冬在集中考试的会议室看到了李春天，她们两个十分意外，但也十分高兴，也许她们都会被留下的。

三个好朋友相视而笑，击掌互相鼓励。

第一轮考试是笔试，理论考试。

相隔一天，笔试排在前四十名的学生进入复试，复试是技术操作。

虽然韩冬冬的笔试成绩不是很理想，但是也幸运地排在了第三十位而进入了复试。小宇和李春天的成绩分别排在第三名和第二十名。

第二天成绩单就张贴在医院住院部大门旁边的宣传栏里。实习生们里三层外三层，争着去看结果。

成绩排在前面的学生欢欣鼓舞，而排在后面的学生则默默地离开。

韩冬冬一眼就看到小宇位列第三。

“小宇，你是第三名呢！”她欢快的声音引得周围的学生纷纷把目光投向她和小宇。“快帮我找找我的名字啊？”韩冬冬接着往下看，看了十多个名字也没有自己，心里开始着急了。

李春天安静地寻找自己的名字，看清楚了，前面的序号是“20”，她松了一口气。

复试在各科室分散进行，由各科室护士长考核。面对熟悉的病房、配药室、护士站，实习生们紧张的情绪都放松了许多。

韩冬冬被安排在儿科考试，这可让她高兴坏了。儿科是她最喜欢的科室，儿科护士长也是很喜欢她。

果然不出所料，儿科护士长一见到她，就冲她笑了。但是考试还是要按规章进行的。因为不紧张，韩冬冬没有像上次技术表演赛那样“演砸”了，操作十分成功。

小宇是在普外科。她也十分沉静，技术表演赛都经历了，考试对她来说不是什么难事。

正是下午时间，科室里暂时没有手术的医生也放下手中的病历，跑来观看。小宇操作完毕，走出配药室，发现配药室外面围了好多医生护士。

（四）

复试过后基本就定下人选了。最后就是护理部主任和业务副院长同录取的实习生进行谈话。

小宇、韩冬冬、李春天都通过了考试。

韩冬冬在第一时间告诉了邵平。她知道他还在普外科实习，也知道考试那天，他就在医生办公室里。但邵平没有像其他医生一样出来观看她们的考试。

韩冬冬跑到普外科，把邵平从医生办公室里叫了出来。她很得意地说：“我们三个都通过考试了。”

但是她发现邵平反应很平淡，只是淡淡地说：“啊，知道了。”

这样的结果原本就不是他想知道的，或者说小宇通过考试不是他所希望的。

韩冬冬说，“我们能出去走走吗？”

两人来到医院院子里的凉亭里。

韩冬冬不再那么兴奋了，她知道邵平的心情是很难过的。

“我可以不留在这里，只要你一句话，我跟你回新疆。”韩冬冬永远是这么直率、勇敢。

可是邵平不能说这样的话。

邵平勉强笑了笑："傻姑娘，我不会让你去的，你知道的。"

韩冬冬低下了头："可是小宇现在已经不会和你回家了。"

这是事实，小宇报名参加医院毕业生招聘他是知道的。但他并没有去找小宇，让她改变主意。

他尊重她的选择。

韩冬冬面对这个倔强而专情的男孩子，只能收拾起自己的伤心，继而同情起他："也许，她还会改变主意吧。"

然后，就头也不回地走了。

和医院领导的谈话在两天之后。

张爱玲主任见了小宇，满意地点点头，对旁边的业务副院长说："她就是上次技术表演赛全能第一名的实习生小宇，和我还是校友呢！"

小宇这才知道原来护理部主任也是从她们学校毕业的。

业务副院长李龙年近不惑，因为在一次救援行动中受了伤，右手指断了三根，从此再也不能上手术台了，原来他可是脑外科的主任啊。

他对这次护士招聘只是象征性地看看，只要护理部主任选定的了，他一般都不做干涉。当然，一些通过他走关系的，他也会提示张主任一下，这个学生是某某的亲戚，这个学生家长是卫生局某领导。张爱玲虽然心中不满，但还是笑着点头说："我知道了，您放心吧。"

李龙问小宇："你喜欢在哪个科室工作呢？"

小宇想在急诊科，虽然工作累，但是她觉得那里是最锻炼人的。

"急诊科。"她回答。

张主任和李龙院长相互看了看，都笑了。

通常实习生们并不看好急诊科，她们更多地选择工作量相对少些，工作相对轻松些的科室，如五官科、妇科等，甚至有的护士说"让我在院部做些文职工作吧"。

张娜回医院上班了，不过不是在急诊科了，而是被调到了手术室。

经历了竞选失败的她刻意改变自己的言行，不再随便说话，变得有些沉默了。

这倒让同事们有些不适应了，从前那个活泼的张娜怎么不见了？大家见她并不参与她们的聊天，就主动去和她说话：“那个叫小宇的是你的学生，是吧？”

张娜点点头，笑了：“我的学生很多呢！”

手术室护士汪华不服气地说：“是啊，小宇也是我的学生，她在手术室时是我带的啊。”

另外一个护士也想起了什么：“啊，知道了，就是张飞医生喜欢的那个小姑娘吧！”

大家偷偷笑起来，然后就开始谈论起张飞了。

张飞医生的个人作风的确有些不好，虽然只是说些黄色笑话，手上并不乱动。

护士们经常求助于手术室护士长，张飞最怕手术室护士长赵雅琴。倒不是因为她脾气坏，而是因为她和他的妻子是同学，两人私下里还是好朋友，经常一起逛街，去美容院。

第四十一章　心痛的感觉

（一）

最后的录取名单出来了，小宇、韩冬冬、李春天都在其中。

韩冬冬先跳了起来："太好了！我们都被录取了！"

她身边的小宇看上去并不高兴，而李春天甚至根本没有去看名单。

她已经整理好了行囊，准备先回家待几天，再回学校参加毕业考试。

当方明听韩冬冬告诉他李春天要回家时，他的反应很冷淡。

"我知道了，是她让你告诉我的吗？"

"不是啊，我自己想告诉你的，你就不想留住李春天吗？这可是最后的机会了啊！"

韩冬冬对方明的不领悟很不满意。

火车是下午一点。

小宇、韩冬冬一起送李春天。她们没有让邵平知道，主要考虑他是实习队长，李春天提前结束实习是不符合规定的。

反正再有半个月就毕业考试了，先斩后奏吧。

方明也没有告诉邵平。

时间是中午十二点，方明在午睡，却翻来覆去睡不着。

去找她吗？让她留下？邵平感觉到方明有些不对头。

"方明，有什么事吗？"他问道。

方明皱了皱眉头。

"李春天，今天要回家。"

他还是说了。

毕竟，他还是舍不得让她走。

邵平不知道发生了什么："她回家再回来直接考试是吧。"

方明有些着急了："邵平，你可能不知道，李春天她要毕业后回家。"

"啊，真的吗?"

邵平这才意识到事情比较严重。他们要分手，还是已经分手了?

不由得想到自己和小宇，想必结局也是如此。

但是朋友的忙还是要帮的。

于是他从床上起来，开始穿衣服："走，我们去火车站。"

方明也立即起来。

火车站里，李春天正在抹眼泪。

小宇和韩冬冬本来觉得没什么，反正过几天她又回来了。

可是女孩子的眼泪像传染的病毒一样，一个人哭，其他人也随即被感染。

于是三个女孩子就拥抱在一起哭了。

"李春天!"方明远远地看到了她们三个。

她们听到了，立即向声音传来的方向看。

是方明，还有邵平!

眼泪立即没了，变成了担心与害怕。

实习队长来兴师问罪了。

韩冬冬在心里自责："早知道我不告诉方明李春天要走啊!"

方明和邵平都气喘吁吁的。

邵平深呼吸一下："李春天，你请假了吗就回家?"

他很严肃地打着领导似的官腔。

李春天幽怨地看了方明一眼，对邵平说："我也是临时决定的，怕你不同意，就没告诉你。"

"回家不差这几天吧，好好复习考完试再回也不迟。"邵平说。

方明也用期盼的目光看着李春天。

"让他们单独说几句话吧。"韩冬冬拉着小宇就往外走，并向邵平使眼色。

于是方明有了和李春天单独对话的机会。

"别走行吗？是我不好，我说错话了。"方明的声音很无力。

他在做着最后的努力，想挽回些什么。

可是受过伤的心总是有伤痕的。

李春天的眼泪一直在流，并且，感到心痛。

对眼前这个男孩子，她不知道是爱，是怨，还是恨。

她现在真的不想见到他。

他的自私、冷漠，伤透了她的心。

"你没做错什么，我们可能根本就不应该开始。"李春天对他们的感情做了一个总结。

然后，拉着旅行箱，向检票口走去。

方明没有去追。他的腿像灌了铅一样，迈不开步。

看着她的背影，他心里像有什么东西，正在一点点消失。

"我等你回来！"他大喊了一声，他鼓足了勇气。

他向四周看了看，发现许多人在看他，他就低着头向候车室的门口走去。

李春天正走到检票口，机械地伸出拿着车票的手，检票员也是机械地在票的一角剪了一下。

李春天回头看了看，拥挤的人群中已经看不到他了。

她叹了口气，继续向前走，心里却想起了丁磊追着她上了火车的情形。两个人真的是不一样啊！

（二）

候车室外面，邵平正在批评小宇和韩冬冬。

"怎么不告诉我呢？这样私自离开医院万一出什么事怎么办？"

他想到上一次胡秋月的事情，就有些生气。

韩冬冬故意笑着说："马上就毕业了，学校也不会检查的。"

邵平突然想起了什么："胡秋月呢？"

小宇和韩冬冬互相看了看。

小宇说："她，搬走了。"

邵平真是生气了："你们怎么这样啊？毕业了，就不能留下个好印象吗?”

这时方明出来了，十分沮丧的样子。

大家都知道是怎么回事。

几个人默默地离开车站。

胡秋月此时正在屋子里背单词，她是那种不达目的不罢休的人。

而这样就苦了郑家诚了，为了她他要做自己不喜欢做的事。

因为他态度不明朗，没过几天，谢大姐就开始安排两人见面了。

郑家诚这下可着急了，自己可是有女朋友的啊，怎么能再见什么人呢?

可是已经这样了，只能见了。

见面安排在下班后，三个人一起去机关附近的饭店吃顿晚饭。

“这里环境不错吧!”有心事的郑家诚并没有留意餐厅的环境，听谢大姐这么说，也跟着点了点头。

“胡静一会儿就到。”她一边说一边向餐厅门口望了望。

果然，一个一袭白色长裙苗条的长发女孩子走了进来，像是在找人。

“胡静，我们在这儿!”谢大姐的嗓门不小。

胡静顺着声音看到了他们。

她走了过来，郑家诚礼貌地站起来。

“这位就是我和你说的，我们单位的郑家诚，这是胡静。”谢大姐不慌不忙地介绍着。

郑家诚的性格使然，尽管已经和胡秋月有了肌肤之亲，但是在陌生的女孩子面前他还是会脸红。

而胡静一个文静的女孩子，难免也会害羞。

她从师专毕业就在市三中做英语老师，上班快一年了。其间真是有不少同事给她介绍对象，她也见了几个，但总觉得不好。

谢阿姨是她妈妈的同学，她当然要来看看。

眼前这个英俊的男孩子真的让她怦然心动呢!之前给她介绍的虽然都是高干子弟，外表却是不敢恭维，谈起话来，那种趾高气扬的样子真是让她反感。

郑家诚看上去却是个像女孩子一样害羞的人呢！

谢大姐看两个年轻人似乎都紧张得不知说什么话好，她开始调节气氛："想吃什么啊，胡静，别客气，今天阿姨请客。"

郑家诚毕竟也没有过这种经历，也不知道如何张罗。

听到谢大姐说自己是"阿姨"心里正疑惑："我不是叫她大姐吗？"

谢大姐当然知道他的心思："我和胡静妈妈是同学，不过咱们各叫各的，没关系的。"

胡静客气地说："吃什么都行。"

最后还是谢大姐点的菜。香甜玉米，烧茄子，炒肝尖，家常凉菜。然后又叫了饮料。

问郑家诚喝不喝酒时，郑家诚使劲地摇头。

谢大姐满意地看着这一对俊男靓女，心里高兴极了。

吃起菜来也格外爽口。不一会儿，她就吃得差不多了，然后看看表："你们两个再好好聊聊，我先走了！"

然后就冲郑家诚挤挤眼睛，笑着走了。

留下郑家诚，却是心乱如麻。

对人家女孩子说自己有女朋友了，那不是找骂吗？

他抬头又看了胡静一眼，发现她也在看自己。

不由得手一抖，手里的筷子掉了。

十八九岁的女服务员看着这对年轻男女，偷偷地笑，递过来一双筷子。

这样的情况想必她也见得多了。

胡静想，这个郑家诚不太爱说话。

"你是教英语的是吧？"

郑家诚总算开口了。

"我上学的时候英语学得不好。"他说了这样一句，心里却想起胡秋月要他一起考研的事。

他的英语成绩实在太糟糕，所以他一点信心都没有。

"是吗？不过现在你上班了，也不用学了吧。"她哪里知道郑家诚的烦恼。

“不是，我还得学，我明年要考研。”

听郑家诚这样说，胡静皱了下眉头，这个谢阿姨可没和她说啊。

“要考哪个学校的研究生呢？”她十分想知道。如果他一下子考到了广东、深圳什么地方，他们不是要天各一方？

“考北京电影学院。”郑家诚说这句话的时候声音很小，一如他缺乏的自信心。

胡静也很意外。印象里艺术类考生都是很另类的，在学校里成绩并不好的学生。

北京电影学院？虽然郑家诚英俊点，但是把他和北京电影学院联系到一起，还是觉得有些距离。

（三）

郑家诚最终还是没有告诉胡静他有女朋友的事。

晚上，他送胡静回家。胡静在楼下冲他挥挥手，给他一个美丽的笑容。

郑家诚在马路上走着走着，发现这里离他给胡秋月租的房子很近。

她们两个都姓胡，他忽然意识到这一点。

天啊，自己怎么可以“脚踏两只船”？

但是又有一个声音说：“万一胡秋月考上了，你没考上，她和你分手怎么办？”

他真的是对自己不抱希望，毕竟已经失败了一次。

胡秋月想过这一点吗？这个急功近利的女孩子，她肯定只想着自己的理想与前程了。

这种女孩子往往不是男人的附属品，而要求男人成为她的附属品。

特别是现在当他想和她亲热时，她都拿考研当交换的条件，让郑家诚越来越觉得自己没有男子汉的尊严了。

不行，他要让她知道，他是有魅力的。就算她不在乎他，还有其他女孩子在乎他，喜欢他。

这个任性的男孩子开始了一场刺激而危险的赌博。

胡秋月学习累了，也会想念郑家诚，这时候她就给他打电话。他买了手机，就是为了让她找他更方便。

郑家诚的父母知道儿子和胡秋月还在交往，但是也没有办法。想想胡秋月也要毕业了，如果实在分不开就把她留在市里的哪家医院吧。

但是郑局长问起儿子这件事时，郑家诚却是支支吾吾地回答不清楚。

郑夫人生气了："到底怎么回事？难道你们分手了？"

"不是，她要考研究生。"

这倒让郑局长和郑夫人感到意外，这个女孩子这么求上进呢？

可是当他们听说是考北京电影学院时，又改变了态度。

"我看你们还是分手吧，这是早晚的事。"郑夫人好像在做最后的审判。

郑家诚不说话。

韩冬冬的弟弟韩春伟和他的女朋友陈蓉正在热恋中。

一天晚上，他们在公园的树丛中接吻。韩春伟太喜欢吻陈蓉了，她的嘴唇软软的、甜甜的。

可是意外就在这时候发生了。可能是吻得时间太久，陈蓉推开了韩春伟，开始大口大口地喘气，好像呼吸困难的样子。

"蓉蓉，你怎么了？"之前陈蓉也曾经因为走路多了而觉得头晕，但是坐下休息一会儿就没事了。

"快送我去医院！"陈蓉的声音很微弱。

韩春伟哪经历过这样的情况，他几乎想要哭了，急忙抱着陈蓉趔趄地走到马路边。

一辆出租车快速驶进 S 医院急诊科的大门，一个男青年抱着一个人急急地跑进急诊科。

医生护士看了一眼陈蓉，立即把她送往抢救室。

另外一名年长的男医生看了看韩春伟："你是她什么人？"

韩春伟说："我是她男朋友。"

医生仔细地看了韩春伟一眼，神情凝重："她有先天性心脏病，不能劳累，不能受刺激，你让她生气了吗？"

这个医生居然如此了解陈蓉的病情，韩春伟说不出话来，这样意外的消息对他来说是一个不小的打击。

她那么美丽，那么温柔，那么可爱，她是个健康的女孩子啊，怎么会有心脏病呢？

韩春伟心里难过极了。这种心情和当年他的妈妈离开时候有些相似，他想哭，想大声喊叫。

抢救室门口的灯是红色的。一个小时后，灯灭了。

年长的医生先走了出来。

看到韩春伟迎上来，他拍了拍他的肩膀："没事，她从前也经常来抢救的。"

韩春伟听到这话就更心疼陈蓉了，想不到这样一个看上去很幸福的女孩子居然是在和病魔的不断斗争中长大的。

"我想去看看她。"他好想看见她，告诉她都怪他不好。他不知道她的身体不好，他不应该那么长久地吻她，让她激动。

"不行，现在她睡着了。"医生说。

韩春伟于是就跟着这位医生去了办公室。

办公室的门口挂着的标牌是"主任办公室"，看来他是急诊科的主任。

一进办公室，韩春伟马上觉得眼睛被什么颜色刺到了。抬起头，只见左右两面墙挂满了红底金字锦旗。

"我是陈蓉的爸爸。"说这句话的时候，陈为民望着韩春伟的眼睛，语气很平静，却有些悲凉。

又是一个意外的消息。韩春伟感觉自己的心脏也要因为受到刺激而发生病变了。

"我治好了无数个病人，却治不好自己的女儿。"

(四)

李春天回到了家。

当火车徐徐驶进杭州站。

火车马上就要停了，李春天透过车窗，突然看到丁磊，他居然跑到站台里面来接她。

难怪昨天电话里他一个劲地问她的车厢号。

当李春天从车门里走出来的时候，丁磊就在下面冲她微笑了。

两个人走到离车门稍远的地方。

“你怎么提前回来了?”丁磊从电话里听出李春天的情绪很低落，生怕发生了什么事情。这个女孩子已经不能再经历什么打击了。

李春天听到这样的话，鼻子一酸。

她再也忍不住，扑到他的怀里，哭了。

丁磊急忙抱住她，轻轻抚着她的头发：“没事的，回家了就好。”

他的心，此刻，痛并快乐着。痛，是因为看到她哭，他也难过；快乐是因为她要回家了，她不会再远离他和她的家人。

李春天在丁磊的陪同下，回到自己的家。路上丁磊告诉她，家里如今已经不再是她爸爸一个人了，他的姑姑丁玲已经和李春天的爸爸李明领了结婚证书。

李春天第一次见到这个叫丁玲的女子，准确地说，是她的继母。

她穿了一套居家服，白底蓝色碎花，朴素而温馨。头发盘成了发髻，气质高雅。

李春天心里暗想，难怪爸爸会同意，她真是个美丽而优雅的女人。

可是，她心里一想起妈妈，就心痛。她只有一个妈妈，唯一的一个，可面前这个女人，理论上讲也是自己的妈妈。

该怎么称呼她?

“丁阿姨，你好!”李春天好半天才说了这句话，算是打了招呼。

李明的脸上闪过一丝不悦，而丁玲却一直微笑着：“春天，快换下衣服，休息一下吧。”

这个家里多了一个女人果然不同。客厅到卧室，整洁极了，还多了几盆花儿，客厅里一盆君子兰开得正艳。

李春天坐在换成了米色新罩子的沙发上，觉得自己的家有些陌生。

丁磊也感觉到一些异常。他说："姑姑，李叔叔，春天我接回来了，让她好好休息一下吧，我先回去了。"

李春天看了他一眼，没有起身去送丁磊。

自己的卧室还是老样子，看来这位丁阿姨没有动过这里面的任何东西。

李春天拿起桌子上他们一家三口的合影，眼睛又湿润了。

躺在床上，不知不觉中睡着了，脸颊上还有泪痕。

晚上吃晚饭的时候，李春天还在睡着，李明没有叫女儿。

此时，李春天的梦境里有许多人、许多故事。

方明走到她面前，看着她意外的神情说："既然你不愿意留下来，那我和你一起去杭州。"

旁边却走来了丁磊，他一把抓住方明的衣领："你小子还没完了，追到火车上来了！快给我下去。"

两人就撕打起来。

这时列车员来了，凶神恶煞般："打架的都给我下去。"

说着就打开车门，几个列车员推搡着，把两人推下了火车。

李春天"啊"的一声惊叫。

原来是一个梦。

她觉得自己从来没有像现在这样烦恼，痛苦。方明的影子还留在她的脑海里，昨天他还在车站送她。

丁磊还是原来的样子，但是更多了些稳重。

她有些自责，她一直以为爱情的对象是唯一的，人的一生只会真正爱上一个人。可是现在她哪一个都舍不得放弃啊！

再想想她的爸爸，看他看丁阿姨的眼神，分明和他看妈妈的眼神是一样的啊。

想到妈妈，她又要心痛。人总是这样，对自己可以宽容，对别人却很严格。总之，她的爸爸找了个比妈妈还漂亮的女人，她就是不开心。

丁磊躺在床上，睡不着。

姑姑成了女朋友的继母。本来之前他想没有什么吧，可是当和李春天一起回家时，他总有些搞不清楚，自己是去了姑姑家，还是去了女朋友家。

总之有点别扭。

但是对李春天，他一直没有变。在他心里，李春天永远是他最爱的女孩子。

他甚至想，等李春天上班了，心情平静下来，他就向她求婚。

第四十二章　校园重聚

（一）

医学院的毕业生陆续回到学校准备参加毕业考试。

实习一年了，和同班同学也分开一年了。大家此时最想见到的是同班的其他同学。

小宇找到了自己的同桌刘颖。

刘颖实习的城市是沈阳。她的样子没变，还是粉扑扑的脸，大眼睛，羞涩地笑。

刘颖在学校的时候没有很努力地去学功课，因为枯燥的医学知识对这样一个柔情似水的女孩子来说甚至有些恐惧。

有一次，小宇和刘颖一起在阅览室，发现刘颖拿一个笔记本对着一本杂志不知道在记些什么。

回到教室，小宇好奇地问她。

刘颖并不隐瞒，拿出了她的笔记本。原来她记得都是做菜的方法，还有什么美容知识等。

这个很“女人”的女孩子实习了一年看上去没什么变化。

班长倒是变了不少。原来是短头发，现在已经留成长发了，还别了一个蝴蝶结。黑框眼镜也变成彩色的了，少了原来的假小子感觉，变成一个可爱的小姑娘了。

大家再见面时，免不了互相问一下一年来的情况。

大家谈得更多的，还是毕业去向。

基本上都是回户籍所在地。公费的由学校定向分配，自费的自己联系工作。

一半学生已经通过家人找到了接收单位。另一半学生因为有学校的分配并不着急，抱着听天由命的心理。

实习手册统一交给了班长。同时大家见到了班主任李洁。

李洁开了个简短的班会。她看上去很平静，一如往常。

听说她要和她的老公出国了。

李洁审视着讲台下的学生，一年过去了，学生们似乎也成熟了些。穿戴已经向社会流行服饰靠近了，有的还化了妆，少了些学生的朴实。

她们始终要改变的，她想。正像她自己，年轻的时候她的白马王子风度翩翩，但是最终她嫁给了一位医学博士。因为她的白马王子离她而去，去了遥远的美利坚。

医学博士是从美国回来的，对她一见钟情。他说他见她的第一眼就觉得忧郁的她是个有故事的人，更是个需要人怜惜的人。

医学博士曾经的妻子死于一场飞机失事，她要飞去看他。

他决定回国。

李洁在他面前是个安静的女子，也正是这种安静让他的心平静。

李洁让不同实习点的学生代表发言。然后她做了一个总结："看来同学们在一年的实习期里，学到了许多书本上学不到的东西，也把理论和实践很好地结合了起来。相信现在你们都能够做一名合格的护士。明天就是毕业考试了，祝大家都能取得好成绩!"

(二)

昨天学生送给李洁的礼物让她感到意外而感动。

班长江小函早就想着这件事，在大家回到学校的第一天就和各个寝室长见了面。开了个小小的会，征求同学们的意见。

有的同学有些小意见："我们一年都见不着她几次，还送什么礼物啊?"

也有人说："反正是班费，送个礼物吧，也没多少。"

最后，少数服从多数。班长江小函和学习委员、生活委员、团支书一起去买礼物。是一件很艺术的木雕作品，一只帆船，乳白色，有木片的纹理，树木的味道。

木雕长度达半米，个子不高的江小函捧在怀里更显得它的巨大。

帆船这样的礼物在她这样一个高校教师看来并不特别，但是由她的学生送来，就有了特殊的意义。

她心里有些愧疚，这几年自己对这些学生太不关心了。

江小函看出老师的脸红了，她说："老师，您在我们的眼里是个好老师，我们会永远记得您的。"

果然是能说会道，难怪当初李洁挑了她做班长。

第二天毕业考试。

考试的时候，小宇意外地发现韩冬冬就坐在自己的前面，两人相视而笑。

韩冬冬小声说："帮帮忙啊！"

小宇瞪了她一眼。

一个小时后，小宇答得差不多了，韩冬冬却坐不安稳了。两个监考老师正在讲台上小声地聊天，韩冬冬见时机不错，回了下头，快速扫了一眼小宇的试卷。

幸好韩冬冬视力好。

中午，学校食堂安排了毕业生会餐。

面对朝夕相处的同学，大家有好多心里话要说，说了两句，却哽咽着再也说不出来了。

"什么都别说了，一切都在酒里！"江小函豪爽地说，活脱脱一个假小子。看来虽然改变了外表，但是性格似乎很难改变了。

小宇的旁边是她的下铺，肖红。

肖红来自河南农村，报到的那天，她挎着一个花布包，扎一条马尾辫，拘谨地站在教室门口。

同学们都以为她走错地方了。

（三）

这个有些土气的农村女孩子在学校里的确出了些丑。身材略胖的她走起路来一扭一扭的，加上她带着河南音的普通话经常遭人取笑。

小宇并没歧视她的意思。但是因为是上下铺经常接触，女孩子生活中的小事又多，难免有些摩擦。

肖红固执地认为大家故意为难她变得像一只敏感、多刺的刺猬。

小宇也是个特立独行的女孩子，所以几年同窗，关系却是一般般。

想想过去，小宇觉得当初的自己有些幼稚。

于是小宇拿起酒杯，对肖红说：“从前我们有些不愉快，现在都忘了吧，我希望你今后能过得幸福！”

肖红的家虽然在河南，但是当年她的爸妈去了西北支边。她是在青海考的学，后来，父母又回家乡了，但是毕业分配肖红要被分配到生源所在地，青海。

可是她的亲人都已经不在那里了。

肖红一听小宇说将来的事情，眼泪就涌了出来：“我可能要回青海，可是我更想回河南老家。”

在座的都举起了杯。

小宇宿舍里几个女孩子按年龄大小排起了序。女孩子居多的医学院校，偏又与众不同，她们不叫大姐、二姐、六妹什么的，反而叫成了“大哥，二哥，六弟”。

寝室八个人，最后却排了七个，没有排肖红。

老大郑丽先说的话：“肖红，如果当时排顺序的话，你应该是老五。”

“五哥。”李艳说：“其实我应该是老六。”

“六哥”是小宇。她开始对这样的称呼很不习惯，但是这样叫起来常常让大家觉得很开心。

特别是老八，“八弟”经常一不小心被听成“八戒”。老七和老八是对床，她们年龄最小，像两个调皮的小孩子。

老七有时候取笑老八：“要不叫‘八哥’吧！”

即将分别的时候，大家给肖红这个“五哥”扶了正。

晚上的时候，宿舍走廊里十点钟还有人走动，大家“串门”从这个宿舍到那个宿舍，乐此不疲。

小宇走到校园里，夏夜的风很凉爽。

小宇想起一个地方，她想，那里应该没有太多人。她现在只想找个安静的地方。

这是学校实验楼后面的一片空地，种了一些树，还有个水池，像个小花园。小宇为它取名“后花园”。

她经常早晨来这里学习。

后花园和外面的街道有一墙之隔。透过低矮的围墙，能看到外面街道。

关于实验楼，记忆深刻。当一群女孩子见到福尔马林浸泡过的尸体时，都尖叫起来，甚至恶心得跑出实验室呕吐去了。

后来胆量慢慢练出来了。

再后来，生理课做实验，大家给小白鼠注射药物，给兔子做手术。

（四）

小宇正想着，却听到有人叫她。

来人正站在实验楼的北侧，后花园的入口处。

走近了，是邵平。

小宇当然不知道，这“后花园”也是邵平常来的地方。只不过，他不喜欢起早，经常在中午来待会儿。

“考试考得怎么样？”这是应该问的问题。

“还行吧。”小宇在夜色中看不清邵平的脸，但是她感觉到他的声音有些颤抖。

“明天是毕业典礼。”他说。

“嗯，也会宣布分配名单。”

两人都沉默了。

小宇已经被S医院录取了。这件事邵平已经知道，但是分手两个字他们谁也没有提。

可是现实是，他们的恋爱关系已经名存实亡了。

“对不起，我不能和你去新疆。”小宇说出这句话后，喉头上像卡住了什么，让她无法呼吸。

邵平知道早晚都要听到这句话的，她选择在离校前一天说，是不是想让伤痛减少到最低程度？

从他知道她报名参加S医院的护士招聘，他就知道他们之间的恋情就要画上句号了。

当这个句号真的画上的时候，他才发现，他是多么不想。

小宇说出这句话后，整个人就像被抽空了，身体变得轻飘飘的。

他抱住她，使她不至于倒下。

“我理解，我理解。”他小声地说着。

“对不起，对不起。”她听到心破碎的声音。

“我知道，我知道。”邵平声音很小，好像没有力气说太多的话。

他们接吻，吻得温柔，继而热烈，最后戛然而止。

她奔跑着离开。

毕业典礼在学校的大礼堂举行。

领导讲话并不冗长。终于到了大家最期待的毕业分配名单。

学生科科长拿着薄薄的几页纸，开始念。

“护理一班，李艳，齐齐哈尔市中心医院——”

同班的同学向她投去羡慕、祝贺的目光。

小宇听到她的名字时，心里并没有多少波澜，因为事先已经知道答案了。

“临床医学一班，邵平，哈密市人事局。”

小宇的心颤抖了一下。

第四十三章　离别

（一）

自从昨天晚上见了邵平，她的心一直在痛。

韩冬冬来找小宇。

“你知道吗？邵平今天下午三点就坐火车回家了。”

她的眼睛红红的，看得出来十分难过。

在邵平的宿舍里，他的同班同学正在为他开欢送会。

邵平显得有些激动。他除了舍不得同窗四年的同学，还有一个人，小宇。

当他听到她对他说对不起的时候，他感觉世界末日来临了。

天空是黑色的，他的心空更是一片黑暗。

学生科长伍洁曾专门找他谈了话。

“听教务科李科长说你愿意回新疆，能和我讲讲是为什么吗？”

之前省内几家大医院都和学校教务科联系过，说可以接收学校推荐的优秀毕业生。

邵平显然是优秀毕业生中的一个，可是当她和教务科长提起邵平时，李科长说邵平执意要回家乡。

邵平就把他小时候爷爷因缺医少药病逝的事情以及家乡的医疗现状讲了一番。

讲得伍洁流眼泪了：“早知道我们应该开个动员大会，动员学生去偏远地区啊！”

宿舍里，邵平同学们一起唱：“在我心中，曾经有一个梦，要用歌声让你忘了所有的痛……”

（二）

胡秋月在回学校考试前和郑家诚见了一面。

她当然不知道这段时间郑家诚都做了什么。

郑家诚自从和胡静见了面后，因为不好意思拒绝，就继续和人家交往着。他开始不自觉地把胡静和胡秋月进行比较，结果发现各有千秋。

他甚至想，胡静要是有和胡秋月一样漂亮的身材和脸蛋，或者胡秋月有胡静那样恬静、温柔的性格就好了。

胡秋月可能是因为用脑过度，显得有些无情打彩。

胡秋月对郑家诚已经失望。说好了一起考研，可是他一直进入不了学习状态。

她想，这个男人不是我想要的。

可是，当他俯在她耳边对她说他好想她，怕耽误她学习而不敢总来找她时，她又有点感动。

“我这段时间没怎么看专业书，毕业考试心里没底。”胡秋月在为毕业考试发愁。

郑家诚知道这个要强的女孩子是不会服输的。

“平时的积累应该就够用了，你一定会通过考试的。”他说着握住她的手，放在自己的脸上。

他忽然想起了胡静。在他们第三次见面的时候，他牵了她的手。

她任由他握着手，并且温柔地看他。

那一刻，他的心有些乱。

心想，和这样的女孩子在一起很轻松，不会担心她会莫明其妙地发脾气，提无理的要求。

再想想胡秋月，和她在一起有些累。

当胡秋月问郑家诚：“考研你复习得怎么样了？”

郑家诚心虚了，但他想还是不要勉强了：“我看，我还是不考了吧。”

胡秋月听他这么说，有点恨铁不成钢的样子：“就知道你考不上。”

这触到了郑家诚的痛处，他母亲也这样说他。

“我就是不喜欢学习，而且我觉得考不考研对我来说并不重要，我现在的生活挺好的。”

“挺好，是吧，没有我，你的生活也一样很好，是这个意思吧？”胡秋月没想到他会发脾气，他从来不对她发脾气的。

她怎么能受得了这个呢？

郑家诚没有道歉，转身离开了小屋。

胡秋月坐在那里发呆，鼻子酸酸的。

从来都是她给别人脸色看。

这个郑家诚怎么像变了一个人？是我对他的要求太多，太高了吗？可是，是他说要一起考研的啊？

没错，是郑家诚说的。

他在她的梦想里有点腾空的感觉，像是在仙境，看不到尽头。

而且，有说不出的累。

如果她考上了研究生，去了北京，她会和他分手吗？他会想念她吗？他不知道，他有些自责，自己的确不是一个事业心强的男人，甚至不是一个责任感特别强的男人。

（三）

李春天考试结束后就要回杭州了。

在校园里那棵古树下，她向小宇和韩冬冬道别。

“你不是通过 S 医院的考试了吗？怎么不留下来呢？”韩冬冬问李春天。

李春天听韩冬冬这样说的时候就想起了方明。

可是她知道，她和他的感情已经走到了尽头。这个城市成了伤心地，她又怎么会留下？

“想回家啊，北方还是不适合我。”她说。

“是啊，其实还是杭州好。”小宇支持她的选择。

她现在也很理解邵平了。

邵平是今天晚上的火车。她要不要去送他？

“邵平今天晚上的火车，我要去送他，你们去不去？”韩冬冬心里始终藏不住事儿。

这倒让小宇羞愧了，自己还在犹豫，人家却是斩钉截铁的。

邵平走的时候送行的队伍浩浩荡荡的。他同寝室的另外七个同学，都还没有离开，都来送他了，还有班上和他关系不错的同学。

韩冬冬拉着小宇，凑到邵平的身边。

邵平的同学们开始起哄：“邵平队长当得不错啊，有美女来送啊！”

韩冬冬马上回应：“你们羡慕去吧！”

小宇并不说话，悄悄地看邵平。

她看到邵平也配合地笑着。

但是当他把目光投向她的时候，笑容就凝固了。

然后迅速移开。

他在怪她吗？他不肯原谅她吗？

那天晚上，他说了，他理解她。

是的，邵平很不开心。离别的时间越来越近，他知道他就要永远地失去她了。

他多么想冲过去，抱住她，对她说：“你跟我走吧！”

火车站里人很多。

韩冬冬很快发现还有自己的同学，跑上前去打招呼。女孩子们拥抱，哭泣，然后挥手告别。

邵平也和那几个女孩子一起上了车，都是校友嘛，一路上也能互相照顾。

座位是靠窗的位子，他坐下后，把手伸出窗外。外面，他的兄弟们争相握住他的手。

“邵平，什么时候结婚要通知我啊，我会去喝喜酒的。”

听得小宇立即流下了眼泪。

她再也忍不住了，冲到了最前面：“邵平，你不要生我的气，原谅我好吗？”

邵平哭了，从前是小宇哭，他在一边安慰。

但是现在，他同样需要安慰。他的心从来没有像现在这样痛苦。

他甚至想跳下火车，告诉她："我不走了！"

可是，现实不是演戏，他们也不是演员。

他只能说："我没有生气，我不怪你。我希望你能找到一个比我更爱你的人。"

小宇哭得更厉害了。

她不知道，她是否还能遇见像邵平一样爱她的人。但是她知道，她再也不可能像爱他一样去爱别人。

韩冬冬也在哭："邵平，如果有一天我去看你，你会欢迎我吗？"

同学们受不了。

邵平的兄弟说："我陪你们一块去看他，顺便再骑一下他们家的马。"

旁边一个同学故意说："不是马，是驴！"

大家都被逗笑了。

火车徐徐开动了。

邵平的手轻轻从小宇的脸颊抚过，最后一次为她拭去泪珠。

小宇感觉那是他最温柔的抚摸，而他的眼神，让她的心更痛了。

李春天在杭州站下车的时候，早早等候在车站的丁磊在大声喊她的名字。

这一次，她是真的回来了。

他拥抱她，她伏在他的肩膀上流泪。

她的父亲和丁阿姨也来了。

"好孩子，回来了就好，走，我们回家。"

她忽然间发现父亲似乎多了不少白头发。

晚上吃过晚饭，父亲和丁阿姨没有再和她聊天，让她早点休息。

这时候电话响了。

"春天，找你的。"丁阿姨接的电话。

李春天想，会是谁呢？

是丁磊。

“春天，你回家了，我真高兴。”他感觉自己是如此幸福。

（四）

小宇和韩冬冬回到医院，就往宿舍走。

在宿舍的路口见到了大兵张浩。

“你们可回来了，我等你们好几天了，原来毕业考试这么麻烦啊！”

张浩很热情地接过两人的包。

韩冬冬乐了：“我们都毕业了，你也该回你家的诊所了吧？”

张浩眯着眼睛看看韩冬冬：“小丫头你懂什么，医学多高深啊！我是回去了，可我爸说我学得不好，还得继续学。”

如此说来，今后她们在医院里还是会经常看到张浩了？

小宇心里有些不高兴，他该不会还缠着自己吧。

“邵平这小子真回家了？我还以为他能回来呢？”说这话的时候，他看着小宇的脸色。

小宇瞪了他一眼，快步向宿舍走去。

韩冬冬也瞪了他一眼，夺过他手中的包：“哪壶不开提哪壶，快滚吧你！”

“唉，你怎么骂人呢？真是好心没好报！”张浩碰了一鼻子灰，郁闷地转身走了。

因为离上班还有半个月时间，小宇回了趟家。

小宇回到家的时候，夏小枫已经到家了。

这个暑假她一定要回来，因为姐姐毕业了，她要回来为她庆祝。

晚上，姐妹两个开始聊起心事来。

夏小枫当然知道邵平和小宇的事。从姐姐的表情就可以看出来，人家走了。

“姐，人生哪能那么完美呢，我不也是嘛！”她想到她的兵哥哥，还会很伤心。

李云凯走后，她伤心了很长时间，不过性格开朗的她很快就投入到新生活当中了。

也许是为了减轻痛苦，她答应了一个追求她好久的男生。

男生叫王海，和她同系不同班。

他其实是个性格内向的男生，和夏小枫同在学生会工作，经常接触。活泼可爱的夏小枫让他感觉生活充满了乐趣。

他用最古老的方式，写情书。

夏小枫觉得他的字写得挺不错的。他聪明，幽默，就是不太爱说话。对他，她说不上喜欢，也不反感。

再见面时，他反而不好意思了。

当只有他们两个在学生会的办公室时，他终于开口问她："我问你的事，你想好了吗？"

那怯怯的表情让夏小枫忍不住乐了，心想这家伙难道没谈过恋爱？

她故意逗他："让我再想想吧。"

王海有些着急了："夏小枫，我知道追求你的男生挺多的，但是我对你是真心的。"

夏小枫就这样谈恋爱了。

她享受着被爱、被呵护的感觉。这是她从前暗恋李云凯时无法享受到的。王海陪她去食堂吃饭，她只需要坐在座位上等着就可以了。

看着他跑前跑后，先打菜，又打饭，再拿筷子。

她吃饭的时候，他就一边吃一边看她，看得夏小枫有点不好意思了："你看什么看，快吃饭。"

王海赶快低下头吃饭。

这样一个男孩子，即使是接吻的时候，也十分拘谨。

那天晚上，他们一起去看电影。

夏小枫心想今天他会吻我吗？

难说，连拉手都是她主动的。

那天他们坐在草地上，她故意伸出手，要他拉她站起来。

王海十分意外，一副受宠若惊的样子，颤抖着伸出了手。

夏小枫发现他的手心湿乎乎的，全是汗。

她又甩开了他的手。

电影院里漆黑一片，屏幕上男女主人公正在拥吻着。

王海终于鼓起勇气，侧过脸，飞快地吻了一下夏小枫的右侧脸。

夏小枫吓了一跳，转过头去看王海。昏暗的光线下，看出他十分紧张。

当夏小枫用鼓励的目光看他的时候，他明白了。

然后，两人就开始接吻。

应该都是第一次。

先是轻吻一下，两人都像触电般迅速躲开。

怀着好奇和震撼，继续吻。他感觉她嘴唇的温度和柔软。

第四十四章　思念

（一）

夏小枫对姐姐讲她和王海的事情。

她是想告诉姐姐："爱情去了，还会再来，只是遇见的人不同了。"

可是对于刚刚失恋的小宇来说，显然是没有说服力的。

她的心依然痛，没有人可以改变这个事实，也没有人可以替代。

再过几天她就要去S医院上班了，成为一名护士。确切地说还要做一年的见习护士。

得到与失去总是如影随形。她这几天总是做梦，梦见自己穿上洁白的护士服，在科室的护士办公室里参加早交班会。她抬起头，却发现邵平也在。

她冲他笑，他却不理睬她。

交班会结束，她走上前问他为什么没有回家乡，他却从她身边走过，对她视而不见。

然后，她哭了。醒来时，泪水已经浸湿了枕头。

这个时候，邵平应该到哪儿了呢？也和她一样，先回家住段时间再去上班吗？

是的，在遥远的新疆，邵平正坐在颠簸的汽车上，看着熟悉的草原、羊群，心里高兴极了。

下了车，他还要步行几里路才能到他家的蒙古包。家里知道他要回来，提前告诉了他他们家蒙古包具体的位置。

为了牛羊能吃到新鲜的草，草原上的人们要不断搬家。

这种游牧式生活邵平和他的家人已经习惯了。

一家人见到邵平，都十分高兴，特别是邵平的小弟邵安。

邵安小邵平六岁。听妈妈讲他们中间还有一个孩子的，是个女孩子，却在不满周岁时夭折了。

邵安已经在县里读高三了，往昔那个调皮的小孩子突然间长大了。邵平意外地发现，邵安的个子已经超过自己了。

真是惭愧，还是当哥哥的呢。

弟弟邵安也发现了这一点。得意地对爸妈说："爸，妈，我个子比哥哥都高了。"

邵平的妈妈嗔怪："你哥哥在外面上学，哪像你在家里，什么好吃的都可着你一个人了。"

说完，充满爱怜地看着邵平："我的儿子，你终于回来了，我们还以为你不回来了呢？"

晚饭邵平吃得并不多。妈妈很奇怪，如果是往常，孩子们吃她做的手抓羊肉、馍，都争着抢着吃，一边吃一边说香。

吃过了饭，妈妈坐到了邵平身边："平，是不是有什么不高兴的事儿？"

邵平怎么能说呢？一个没有结果的故事，再无其他意义。

他和小宇虽然恋爱了，但是他并不敢把这件事对家里说。因为他没有把握能把小宇带回家。

事实果然如此。

"妈，我昨天先去的哈密市人事局。他们说把我分配到咱们县上的医院了。"

"县上的医院，挺好的啊！离家也不远。"妈妈觉得这不应该是儿子烦恼的原因。

"可是，妈妈，我想干脆还是到镇上的卫生院吧，那里更需要科班出身的医生。"

是的，镇上卫生院的医生都不是正规医院院校毕业的，都是自学了些医学知识经过短期培训后就上班的。感冒、发烧勉强能看，其他的只能去上级医院。卫生院里也配备了一些简单的医疗设备，可是却没有医生会用。

就说那个洗胃机吧，医生照着说明书大概知道了是怎么用的。可是群众因为对医生不信任，根本不敢让医生用那个机器。

宁可多跑几里路，都跑到县里去了。

妈妈不同意："不行，卫生院是赤脚医生待的地方，哪是你这样的大学生去的地方?"

就这样，邵平去了他们家所在的县医院。

医院的院长居然和邵平是一个学校的。他看看邵平，邵平镇定自若。

"你的档案早就过来了，当时我们去卫生局选人，我一眼就看中了你，你在学校表现得很不错吧，是个优等生。"院长笑着说。

因为毕业生回新疆的很少，卫生系统的毕业生就更少。当时几个院长争抢着要大学毕业生，邵平档案到了新疆维吾尔自治区人事局时就被人民医院提出要留下的。

但是县医院的院长后台很硬，据说是卫生部的什么领导。总之，他千方百计地为自己的医院网罗人才，邵平是他的校友，他更觉得亲切了。

（二）

李春天在家里过得并不自在。她宁愿和丁磊大夏天出去受酷暑的折磨，也不愿意在家里待着。

她的继母丁玲其实对她很好，如果不是李春天抢下她手中的衣服，她甚至要帮李春天洗衣服。其实李春天的妈妈在的时候也没有过分地溺爱她，李春天从十四岁开始就自己洗衣服了。

所以对于丁玲的热情，她反而觉得更加陌生。李春天对丁玲很客气，因为在她的心里，她们之间永远有距离。

当看到爸爸用充满温情的眼神看丁玲的时候，李春天的心里就更难过了，只想逃离这个家。

而那样的目光，她似曾相识。是方明，还是丁磊？他们都曾给过她炽热的充满爱的目光。

丁磊的学校放了暑假，他早就期盼放假了。李春天回来了，但是过不了多久就要上班了。他虽然不经常去医院，但也知道护士工作很辛苦，还要值夜班。他想如果李春天很忙的话他可能都不能天天和她见面了。

他多么想每天都见到她啊。她真的像她的名字一样，她就是他的春天。见到她，他就觉得心里十分温暖，像呼吸了雨后清新的空气一样神清气爽。

但是他发现她自从回家就很不开心。她根本没有对他笑过。

晚上李春天给丁磊打电话，丁磊简直受宠若惊。

两人在李春天家附近的小公园里坐了下来。

李春天像是要说什么，却又欲言又止。

“春天，你想对我说什么吧，说吧。我也有很重要的事想和你说呢！”丁磊说。

李春天疑惑了，他要说什么“重要”的事呢？

那么自己到底要不要说呢？自己内心的感觉，对他的姑姑的？

想了半天，还是觉得不妥。

“我没什么事儿，就是想问问你这一年来在学校工作得还好吗？”

丁磊笑了：“我你还不了解吗？就算是身边有年轻的女老师追求我，我也不会接受啊，我一直在等你回来啊！”

说完了，深情地望着李春天，拉住她的手。

“我知道，你一定会回来的。”这个超级自信的男孩子。

李春天不说话，心里有些愧疚：“他真得很爱自己。”

可是自己呢，心里还在想着方明。尽管知道自己对方明的爱也不够，但是就是有一种失落感，这种失落感不是听了丁磊的甜言蜜语就能消除的。

丁磊双手搭在李春天的肩膀上，继而去吻她。他轻轻地吻着她，生怕她会被吓到。

李春天没有拒绝。但是似乎也没有像丁磊一样进入状态。她觉得脑子乱乱的，她觉得这个吻像是一针麻醉剂，让她舒服了一些。

她把头靠在他的胸前，有点想哭。

“春天，我们结婚吧！”丁磊继续着深情告白。

李春天愣住了。结婚？

要和他结婚吗？

为了离开自己的家吗？为了逃避不想面对的人？

她无法回答自己。

她流下了眼泪。有些事情已经发生了，就不可能再像没发生过一样。他吻她的时候，她觉得有些陌生，能让她回忆起来的，居然是方明的吻。

这算是背叛吗？她充满了罪恶感。

她哭了。

“你怎么了，春天，我说错话了吗？如果你不想这么快结婚，没关系，我可以等。什么时候你觉得可以了，我们再说，好吗?”

丁磊以为是自己太鲁莽了。

他想想，是啊，这几年他们实际在一起的时间并不长，李春天实习的这一年就更不用说了。

丁磊送李春天回到家的时候，顺便去坐了一会儿。

丁玲看着自己的侄子，十分高兴，再看看李春天，欣慰地笑了。

旁敲侧击地问：“你们两个还是和从前一样好啊！”

李春天的爸爸也笑了：“是啊，不错，不错。”

（三）

陈蓉出院了。

她有些歉疚地望着来接她的韩春伟。

“对不起，我一开始就没有告诉你我有病的事情。”

韩春伟看着眼前这个像只受伤的小鹿一样胆怯地看着自己的女孩子，心里一阵痛。

“我不怪你，真的，我要永远保护你，蓉蓉。”

不知从什么时候起，韩春伟就不叫陈蓉的名字了，而是用了如此昵称。

“蓉蓉”这个称呼原来只有陈蓉的爸爸妈妈才用的。当韩春伟这样叫她时，她愣住了，继而假装生气：“蓉蓉可不是谁都能叫的，只有我爸我妈才这样叫的。”

韩春伟假装犯了错误似地低下头：“那我以后不叫了。”

“叫就叫吧，我又没说不让你叫。”陈蓉急了。

陈蓉的爸爸进了病房。

“蓉蓉，爸爸得上班，就让小韩送你回家吧。”

说完，看看韩春伟，拍了拍他的肩膀。

陈重觉得韩春伟这个孩子不错，对自己的女儿也是十分用心的。

但是作为家长，他要对自己的女儿负责任，也要对她未来的丈夫负责任，让人家知道女儿的病情，否则有失公平。

他以为韩春伟如果知道了陈蓉的病情，可能就会考虑结束和女儿的交往了。

但是这个韩春伟非但没有离开女儿，反而天天来医院，像照顾自己的家人那样照顾女儿。自己虽然就在医院里，但是平时工作忙，根本没空去看女儿，而女儿的妈妈远在国外。

陈蓉的妈妈艾静在陈蓉三岁的时候出国的。在外交部工作的她本来是派到美国工作一年，但是后来她就不想再回国了。后来攻读了博士学位，辞去了公务员的工作，到一家美国公司工作了。

然后，她向陈蓉的爸爸提出离婚。

她说她不可能回国了，而以他们的条件，她也不可能把陈重和女儿都接到国外。

陈重同意离婚。他和艾静是经人介绍认识的，那时候艾静就流露出想出国的念头。经常鼓动陈重做科研，有机会出国进修。

但是陈重有自己的想法。作为一名医生，他很清楚自己的职责所在，出国是他从来没想过的。

那段时间，四岁的陈蓉在医院的建议下要做心脏手术。

陈重对妻子说女儿要做手术。

艾静的回国一半是为了看女儿，另一半就是为了和陈重办理离婚手续。

女儿手术的费用全部是艾静出的。几万元对刚结婚没几年的他们来说不是小数目，陈重也没有多问这笔钱是哪里来的。因为从和艾静同来的一位大腹便便的美国老头那里基本可以得到答案了。

陈重和艾静的谈话有些沉重。

“你和我离婚，就是因为那个美国老头?”陈重压抑着自己的怒火。

艾静很平静：“他是有些老，但是人家是知名公司的副总。”

她叹了口气：“他能给我我想要的生活。我知道，我对不起你，对不起蓉蓉，将来蓉蓉可以去美国读书。”

陈重如今只能后悔自己娶了这个女人。和她谈恋爱的时候，他就感觉出来这是个唯我独尊的女子。

结婚后，她隔三岔五地说家里的房子太小，说他的工资怎么不高，说他不求上进。

有了女儿后，她反而说：“要是个男孩子就好了。”她居然还重男轻女。

世界上总有这样的女人，她似乎是投胎转世投错了，本应是个男人，却生就了女儿身，男子心。

这样的女人可以成为事业上的女强人，她们却不属于家庭。

令人想不到的是，十几年后，艾静又回国了。她一个人，办了家英语培训机构。

韩春伟第一次见到陈蓉的时候，她坐的车正是妈妈派的车。

陈蓉对妈妈其实是心存不满的。尽管艾静对她说：“妈妈回来了，再也不离开你了。”她也无法像别的孩子一样扑到妈妈怀里。

她静静地坐着，冷冷地说：“我已经长大了，不需要妈妈的照顾了。”

陈蓉做了手术后，身体仍然虚弱。别的小朋友可以奔跑嬉戏，她却只能静静地坐着。

认识韩春伟后，她封闭已久的心灵第一次敞开了。

可是她害怕，害怕他会因为她的病而离开她。

所以，她刻意隐瞒了这件事。媒人并不知道她有病的事情。

那天晚上她看到韩春伟着急的样子，心里不只是愧疚。她想如果她这次还会活着，她就要告诉他实情，她不想连累他，让他为她担惊受怕。

但是如果他因此而离开她，她又会多么伤心，想到这儿，她甚至觉得生命都没有了任何意义。

她没有想到的是，爸爸都告诉韩春伟了。

陈重问女儿：“把你送来的小伙子是你的男朋友?”

陈蓉用眼睛回答。

“我告诉他你的病情了。”陈重说。

陈蓉默默地流眼泪。

但是韩春伟没有离开她。看来他对自己的感情是真的。

韩春伟执意要抱陈蓉下楼。

在医务人员的祝福中，他们离开了医院。抱着陈蓉的韩春伟轻轻问陈蓉：“结婚的时候是不是就要这样抱着你!”

陈蓉害羞地笑了。

韩冬冬回来后，打电话给弟弟，想让他来自己宿舍帮忙把东西搬到家里。再过几天她就要去S医院上班了，宿舍不让住了，就搬回家住了。

韩春伟所在修车部却说他请假了。

韩冬冬气呼呼地找了个出租车，回了家。

家里没有人。妈妈肯定是在小吃店里忙碌。

晚上的时候，总算是回来了人。

韩冬冬看看弟弟，怎么好像瘦了一圈儿?

“该瘦的人不瘦，该胖的人反而更瘦了，真是太不公平了！老弟，你请假干什么去了，找你都找不到，害得我自己搬东西回家。”

“姐，你回来住了。我请假接陈蓉出院来着。”

韩春伟话一出口，就觉得说错了。

(四)

“出院？她住院了?”韩冬冬对医院特别敏感。

韩春伟想想，事情早晚是要说的，正好让姐姐帮出个主意。

“什么，心脏病?”韩冬冬是学医的，当然知道这心脏病可不像其他病，说治好就治好了。说不准哪天治不过来就死人了。

他们的妈妈是最疼爱儿子韩春伟的。好不容易韩春伟没有像他爸爸似地游手好闲，有份技术性工作。妈妈希望儿子再找个女朋友，早点成家，自己也就放心了。

可是找一个有心脏病的儿媳妇？这可是从没有想过的。如果有病，那说什么也不能要啊！

韩冬冬同情地看着弟弟："咱妈那关肯定是过不了的。我看你还是早点说分手吧。"

"不行，我们不可能分手的。"韩春伟急了。

"姐，要是妈妈像你说的那样，那我们还是不要告诉她了。"

"什么，你要骗她？万一哪天出事了怎么办？"韩冬冬不同意。

"姐，求你了，反正陈蓉现在病情也挺稳定的，不会出事的。"韩春伟央求着姐姐。

胡秋月见到了不应该见到的情景。

傍晚，马路边，郑家诚正和胡静在散步呢，却迎面遇上了胡秋月。

郑家诚愣住了，胡秋月也愣住了。

"你们认识？"胡静并不明白是怎么回事。

胡秋月狠狠瞪了郑家诚一眼："是啊，我们是老朋友了。"

这样的腔调，让胡静疑惑地看着郑家诚。

郑家诚无法回答。

下意识地拉住胡静的手："是我一个老同学，胡秋月，我们还有事，先走了。"

就拉着胡静要走。

"不许走！郑家诚，是谁说爱我，只爱我一个人？"

胡秋月哪受过这样的欺骗？从来都是她三心二意，还没有哪个男孩子敢对她这样的。

"我是他的女朋友，我们交往已经快一年了。小姐，你是什么时候认识他的？"胡秋月不依不饶。

胡静明白了。她咬了咬嘴唇，眼泪就在眼睛里闪了，使劲儿甩开郑家诚的手，跑向远处。

郑家诚像霜打的茄子一样，低着头，继而双手抱头，蹲到了地上。

这段时间，他越来越感觉到胡静的好。她的温顺，她的善解人意，她的确比胡秋月更理解自己。

但是他还没有和胡秋月说分手啊？他知道这样下去不是办法。他也一直在想如何结束他和胡秋月的感情。毕竟她现在在准备考研究生，他不想打扰她学习。如果为此让她伤心而考研失败，那他岂不是更对不起她？

他就想着等她考上研究生之后再说，正在喜悦与兴奋当中的她对分手可能也不会太在意了。

可是，这个城市太小了，谁也没有想到就这样狭路相逢了。

“真看不出来了，郑家诚，你还是个花花公子呢！”胡秋月的语气带着讽刺和挖苦。

“我，对不起，是单位的同事非要介绍朋友，我当时没和他们说清楚。”

郑家诚还是想蒙混过关。

“那你是被逼无奈了？我看你们刚才眉来眼去的挺谈得来的嘛！”胡秋月不吃他这一套。

“我就是应付一下，今天是第一次见面，以后不会再见了。”郑家诚继续解释。

“真的吗？那她怎么那么激动啊？”胡秋月可不是那么好哄的。

郑家诚看着胡秋月那副样子，好像并没有特别伤心，只是生气，气他的见异思迁。

既然她这样，自己也不要为她考虑那么多了。

“唉，行，你说对了，我是见异思迁了，我喜欢上她了。”郑家诚站了起来。

冷不防胡秋月一个巴掌打了过来，郑家诚一个趔趄，差点摔倒。

“你还好意思说！真不要脸！”胡秋月的情绪有些失控了。

郑家诚不知道接下来该怎么办了，他心里只想逃走。

“郑家诚你混蛋！”胡秋月的胸口剧烈地起伏着，她感觉情绪像火山爆发一样，自己也控制不了了。

本来是他设想了他们的未来，一个童话般的梦想。她照着去做了，并憧憬着他们美好的未来。

可是，这个梦想就要成为现实，他们就要拥抱梦想的时候，他却把它打碎了。

碎片划破了她的心。

是不是感觉到痛了，就是爱了？她爱他吗？

他对她说过他爱她，可是他为什么又和别的女孩在一起，而且他刚才说他已经喜欢上那个女孩子了？

胡秋月转过身，想着这些问题。因为她知道，他给不了她答案。

郑家诚没有追上来，胡秋月又是一阵心痛。

郑家诚此时的心情也很复杂。他知道胡秋月早晚是要分手的。现在胡秋月的样子让他很难过。他是爱过她的，真的爱，可是现在，他也的确爱上了胡静。

他甚至想，如果古代的一夫多妻制还存在就好了。他一定会把两人都娶回家的。

但是现在，他总是要对不起一个人，让一个人伤心。发生这样的意外，就不是一个人伤心了。

胡静现在在做什么？她会怎么想自己？自己是在玩弄人家的感情吗？

郑家诚立即跑去找胡静。

他已经去过胡静的家。

胡静却没有回家。

她会去哪儿呢？

胡静此时正在N中学的校园里。她后来和郑家诚聊天的时候才知道，原来他们是一个中学毕业的，只是不同班。

他们当时还互相仔细地看了看，然后郑家诚就说："难怪我看着眼熟，咱们在学校里肯定都见过的。"

第四十五章　回忆（大结局）

郑家诚终于猜到了胡静会去哪儿。

此时已经是夕阳西下，晚霞映红了天边。胡静的头发在夕阳的照耀下闪着金色的光芒。

郑家诚的解释是真实的。

他告诉胡静，刚才那个女孩子是他曾经的女朋友，但他现在喜欢的是胡静。因为不想伤害前女友甚至耽误她考研，想迟一些时候再说。

胡静听了，心里的痛减轻了些。毕竟，她也是不想离开他的。既然他最后选择的是自己，那么又何必赌气呢。

郑家诚没想到胡静这么容易就哄好了，更觉得这个女孩子真是宽宏大度。

“可是，以后你不能再这样三心二意了。”

一年以后。

小宇来参加韩冬冬的弟弟韩春伟的婚礼。

“小宇，你不是说你值班来不了吗?”韩冬冬经过减肥，已经明显瘦了些，头发也长长了不少，还化了妆，看上去很淑女的样子。

“我和护士长说了，让张姐和我换了一下班。”小宇笑了。

韩春伟的新娘是陈蓉。婚礼选择西式的，在教堂举行。韩春伟是这样想的，中式的婚礼太热闹，放鞭炮什么的，再吓着了陈蓉，那可不行。

妈妈那里最终没有守住秘密，韩冬冬出卖了弟弟。但是没想到妈妈并没有太意外。

“我就知道我的儿子是个善良，重情义的孩子。”

韩冬冬的爸爸也来了。从他和韩冬冬的妈妈谈话的情形看，两人重归于好似乎有可能。

“嗨，你知道吗？邵平已经考过执业医师了，我听方明说的，他们一直有联系呢！”韩冬冬和小宇聊着他们共同的朋友，也是她们最关心的人。

小宇听着，却有些走神了，脑海中浮现的是邵平的脸，辽阔的草原。

胡秋月在家里，她的头发烫成了卷发，并染成了金黄色，显得更成熟，也更妩媚。

此时正蜷缩在沙发里，想心事。

考研成功，九月份去学校报到。但是知道这一结果，她似乎没有想象中高兴，她甚至有一丝淡淡的失落。

同班的同学陆续去医院工作了。她们的班长在网络上建立了班级的同学录，大家没事就去交流一下上班体验。

她从来没有发过言。看到同学们在问她，并评论她考研的事情。

“她为什么要学医呢，高中时直接考艺术院校多好啊！”

“就是，不喜欢还学什么？”

“她考上了吗？难说，她的文化课不一定能过啊？”

看着这些评论，她有些伤心。自己一直以来的孤芳自赏、骄傲自满，换来这样的结果似乎也是必然。

她失去友情，还失去了爱情。

郑家诚结婚了。上个月，她是从郑家诚的父亲那里知道的。他的父亲出差到广州，就是那么巧地在一家酒店大厅里碰见了去见一个广告公司老板的胡秋月。

郑局长主动和胡秋月打的招呼，要不然胡秋月肯定会低头走掉的。

他和胡秋月简单地聊了几句，像是漫不经心地说：“家诚上个星期结婚了。”

这也是意料之中的事情，但是骄傲的胡秋月一直存着一个幻想，那就是郑家诚会回来找她的。

如今幻想彻底破灭。她冷冷地对郑家诚的父亲说：“我知道了，祝贺你们，顺便也告诉您一下，我考上研究生了。”

然后就头也不回地走了。

李春天和丁磊的婚礼安排在“十一”长假。经过一年的见习，轮转科室后，李春天因为形象比较好，干活也麻利，如今已经被安排在循环内科。因为她们医院的循环内科在市里很有名气，经常要接待一些高层官员。

丁磊向李春天求婚是在她生日的那天。虽然他感觉到有些事情她一时间难以忘记。

但是无论如何，他不能让她再离开自己。所以他不想再等太久，他甚至害怕哪一天李春天改变了主意。

因为李春天不习惯在家里住，她无法天天看着继母和父亲亲热的样子。她申请到了医院的单身宿舍去住。

宿舍每个房间住三个人，条件比上学、实习时当然好多了。通常三个人不是这个值夜班，就是那个值白班，经常就李春天一个人在宿舍里。这成了她和丁磊约会的好地方。

丁磊不只一次地在亲吻过她以后，说我们结婚吧。

但是她总觉得自己目前这个状态无法同他结婚。是的，她还是忘不了方明，甚至经常在梦中梦见他。丁磊吻她的时候，她都会想起方明。

用了好长时间，她才清楚丁磊和方明的不同。方明温柔，体贴入微；丁磊热情，大胆。

在她生日那天，丁磊请她在市区一家环境优雅的西餐厅吃饭。

蜡烛、小提琴。丁磊把自己一个月的工资都用在了这次计划已久的求婚上。

玫瑰花是他早就准备好的，在见到李春天时就递了过去。

李春天也感觉到今天的他和往常有些不一样，好像说话少了，似乎还有点紧张。

“春天，嫁给我吧，今天我正式向你求婚。”

丁磊一脸的真诚。

李春天还能拒绝吗？这个一直专情于自己的男孩子。她轻轻点了点头。

小宇走在下班的路上，工作忙碌，感情世界却是一片空白。张浩又在医院学习了几个月，想和她走近一点，却遭到了她的拒绝。张浩回家前对她说："有些事情就当是美好的回忆吧，我会永远记得你的。"

她经常会和韩冬冬坐在医院的凉亭里，聊聊这个同学，那个实习生。韩冬冬说："我弟弟到底跑到我前面结婚了，我们都得抓紧了。从现在开始，比赛看谁先找到另一半，后找到的罚请去新疆旅行。"

"你想去新疆旅行吗？"小宇眼睛闪了闪，她觉得她好想去新疆看看邵平。